Álvares de Azevedo

LIRA DOS VINTE ANOS

FTD

EDITORA FTD S.A.

Matriz: Rua Rui Barbosa, 156 (Bela Vista) São Paulo - SP
CEP 01326-010 - Tel. (0-XX-11) 253-5011 - Fax (0-XX-11) 284-8500 r. 282
Caixa Postal 65149 - CEP da Caixa Postal 01390-970
Internet: http://www.ftd.com.br
E-mail: projetos@ftd.com.br

CEP 01326-010 Telefone 253 5011
Fax (011) 288 0132

Editora
Ione Meloni Nassar

Editora Assistente
Maria Esther Nejm

Revisão
Joyce Regina Loyolla Franco
Conceição Aparecida Gabriel

Editor de Arte
Saulo Garroux

Projeto Gráfico
César Landucci

Foto de Capa
Paulo Leite

Editoração Eletrônica
Jailton Souza Cruz

Coordenação de Editoração Eletrônica
Carlos Rizzi
Reginaldo Soares Damasceno

Notas de rodapé
Tradução de Lígia Cademartori,
Francisco de Assis Balthar Peixoto
de Vasconcelos,
Roberta Barni Summa
e Joaquim F. Pereira

Roteiro de leitura
Ilka Brunhilde Laurito

O texto desta edição
está de acordo com a da
Edições LEP Ltda.,
São Paulo, 1949,
tendo sido cotejada
com a 7ª edição da
H. Garnier, Livreiro-Editor,
Rio de Janeiro, 1900.

Dados Internacionais de Catalogação na Publicação (CIP)
(Câmara Brasileira do Livro, SP, Brasil)

Azevedo, Álvares de, 1831-1852.
Lira dos 20 anos / Álvares de Azevedo. — 3ª ed. — São Paulo : FTD, 1999. — (Coleção Grandes leituras)

Inclui biografia em datas e roteiro de leitura.

1. Poesia brasileira I. Título. II. Série.

99-3987 CDD-869.91

Índices para catálogo sistemático:
1. Poesia : Literatura brasileira 869.91

GRANDES LEITURAS

Sumário

TERCEIRA PARTE

Na intimidade romântica

Alcides Villaça

Álvares de Azevedo morreu aos vinte anos, em 1852, não tendo visto publicado seu livro de poemas nem vivido as experiências amorosas projetadas em sua imaginação de jovem romântico. Mas aqui estão, um século e meio depois, seus poemas e suas paixões, abertos aos nossos olhos como já se abriram aos das gerações que vêm lendo esta *Lira dos Vinte Anos* desde a primeira edição, de 1853 — um ano depois da morte do poeta.

As obras de arte são duradouras; fazem-nos interessar pelo que pensavam e sentiam homens de épocas remotas, aparentemente "perdidas" na História, e subitamente reencontradas: prova de que nem tudo se apaga no tempo. Falas "antigas", como as de Álvares de Azevedo, podem pronunciar-se em nossos lábios com um vigor próximo do que tiveram em sua época, tomando de empréstimo nossa voz presente para emprestarnos a vida do passado. No túnel do tempo, as palavras da poesia têm a velocidade da luz, iluminando o percurso.

Mas não deixemos tudo por conta dos poemas. Eles são sempre mais bem compreendidos e sentidos quando dispomos de informações essenciais sobre a vida do poeta e sobre o tempo em que viveu. As linguagens mudam, os hábitos mudam, os valores mudam; os homens também, mas não ao ponto de se tornarem irreconhecíveis no que os anima: o desejo de amar e ser amado, de produzir obras, de se conhecer intimamente, de investigar o sentido da vida e da morte — tudo isso nos prende à nossa natureza. Os poemas sempre foram a expressão profunda desses desejos. Em cada época, em cada contexto cultural, a linguagem poética encontra novas formas de dizer o homem em seu tempo. Para bem se ler a *Lira dos Vinte Anos*, reconheçamos antes algumas particularidades da "lira" tocada por nosso poeta.

O intimismo e o poeta adolescente

A geração de poetas anterior à de Álvares de Azevedo introduziu o Romantismo entre nós, afirmando os valores nacionalistas de um Brasil recém-independente: Gonçalves Dias cantou nossa terra, o heroísmo de nossos índios, o sentimento por nossas paisagens, as saudades no exílio. Na geração posterior à de Álvares de Azevedo, Castro Alves despontou como o poeta dos escravos, o combatente das causas abolicionistas, o cantor de uma América mais livre e promissora. Ambos cantaram também seus amores e seu mundo íntimo — mas foi pelos temas nacionalistas e políticos que se consagraram, dando à linguagem dos poemas uma expansão épica, uma destinação coletiva amparada nos ideais míticos ou históricos.

Entre ambas, a geração de Álvares de Azevedo (que ele tão bem representou) voltou-se para uma poesia da pura subjetividade, elegendo o mundo das idéias e dos desejos mais íntimos como o grande e quase exclusivo tema. Desgarrados de projetos históricos e longe de um maior envolvimento com causas sociais, esses poetas cumpriram uma das grandes vocações do movimento romântico: a expressão de um Eu centrado em si mesmo, um Eu tragicamente solitário, movido muito mais pelas paixões que pela objetividade da consciência. Rousseau: "Deixei de lado a razão e consultei a natureza, isto é, o sentimento interior, que dirige a minha crença, independentemente da razão". A interioridade se converte num universo completo, numa realidade completa, fora da qual tudo parece estranho, ameaçador, indesejável. É nesse plano intimista que se realiza a poesia de Álvares de Azevedo.

Nosso poeta-adolescente, influenciado por grandes poetas românticos europeus, como Byron, Musset e Vítor Hugo, constituiu para si mesmo um mundo de desejos e de aspirações muito exigentes. É pelo paradigma das idealizações que se criam as expectativas românticas: na arte, ser um gênio; nas ações, ser um herói; no amor, ser o amante sublime da mulher mais pura. Tal paradigma podemos reconhecer pelo atuante critério da *distância*, sem a qual não há idealização. Distante é sempre a paisagem onde se poderiam viver as emoções sonhadas; distante está sempre a mulher mais virginal e virtuosa; distantes estão a pureza da infância, a natureza inocente, os anjos, as estrelas, os horizontes; distantes ficaram as civilizações diante de cujas ruínas se medita sobre o tempo e a morte. No culto idealizante da distância, o romântico não deixa de criar para si mesmo a imagem — também distante — de um Eu ideal, permanentemente desmentido nos limites da vida cotidiana, mas por isso mesmo considerado mais autêntico, mais verdadeiro. O poeta intimista se vê como um ser duplo e conflitante: sua pessoa histórica, material, vivendo como qualquer outra as circunstâncias pequenas da vida, recusa essa limitação e projeta num espelho ideal o que seria o seu rosto verdadeiro, ainda que problemático: o rosto das paixões absolutas. Como o espelho se parte a cada instante, nas experiências comuns do cotidiano, também a cada instante o poeta busca recompô-lo e reafirmar a própria integridade. Sua arte ganha com isso a qualidade de uma movimentação intensa e sofrida, tornando-se a expressão mesma desse movimento, o testemunho vivo dessa frustração. Frustração que tem nome: no plano do dia-a-dia, surge como *spleen*, sentimento de tédio, melancolia, desejo de morrer; no plano das idealizações, é a afirmação da Morte mesma, identificada como o último Absoluto.

Álvares de Azevedo viveu intensamente tais conflitos. Sua personalidade de tímido propiciava que ele vivesse no limite tanto o sentido prosaico da existência quanto o mundo imaginário dos grandes amores e das grandes idealizações. Leitor incansável, percebe-se por seus poemas e cartas o quanto se embebeu em literatura: além dos autores românticos, Homero, Dante, Petrarca, Cervantes, Camões, Shakespeare e tantos outros fornecem-lhe personagens e paixões que ele procura viver ... no quarto de estudante de Direito em São Paulo — à época, uma cidade de vinte mil habitantes, mal iluminada, mal calçada, longe do Rio (a Corte), onde ficara sua família. Como um "exilado" na província paulistana, que ele dizia detestar, o adolescente escreveria nela os poemas da *Lira*, bem como o texto dramático do *Macário* (inspirado no *Fausto*, de Goethe) e os contos satânicos da *Noite na Taverna* (inspirados no alemão Hoffmann), além de outros poemas e de estudos críticos. É uma produção considerável para quem viveu tão pouco; é também uma prova de que a maior parte de seu tempo foi dedicada ao mundo da criação e da imaginação, tempo que com muita má vontade interrompia para a obrigação das leituras do curso de Direito, que achava insípido.

As cartas que escreveu, sobretudo as para sua mãe, para sua irmã e para seu amigo Luís Antônio, são reveladoras: falam da solidão, das saudades da família; falam da falta de realização amorosa, da falta de público e de reconhecimento para seus poemas, da monotonia da vida de estudante, das agitações do espírito, dos desejos que o atormentam. As cartas dão, em prosa, as notícias que também estão em versos, na poesia: o adolescente parecia negar-se a distinguir entre o mundo da vida e o mundo das imagens, realidades distintas que, no entanto, interpenetravam-se. E se acusavam mutuamente: o mundo ideal desdenhando a rotina, povoando-se de figuras e sentimentos sublimes; a batida cotidiana cobrando seu preço, trazendo o poeta para o plano trivial do estudante tímido de uma república na província paulistana. Entre o desejo do sublime e o sentimento irônico dos limites oscilará a poesia da *Lira dos Vinte Anos,* que passamos a examinar.

Duas almas, dois prefácios

Na preparação dos originais da *Lira dos Vinte Anos*, Álvares de Azevedo achou conveniente escrever dois prefácios — deixando muito clara a consciência que tinha a respeito da divisão básica de sua poesia. No primeiro, refere-se aos aspectos da doçura, da timidez, das esperanças frágeis que alimentam os versos da primeira parte da obra; no segundo, muda repentinamente de tom e nos fala da desilusão, da "doença da vida", da sátira, da ironia, dos movimentos negativos do espírito, que marcam sobretudo a segunda parte. A explicação é lúcida e bem formulada: "É que a unidade deste livro funda-se numa binomia. Duas almas que moram nas cavernas de um cérebro pouco mais ou menos de poeta escreveram este livro, verdadeira medalha de duas faces".

De fato, a poesia da *Lira* pode ser vista, basicamente, como uma oscilação entre os extremos, entre aquelas "duas faces" que compõem a "binomia". Essa divisão acarreta, como é natural, uma série de conseqüências para a linguagem, os temas, as entonações da poesia azevediana, projetando nela uma série de *duplos*: o *eu* é terno e lírico, muitas vezes, mas em outras é sarcástico e impiedoso; a figura da mulher surge aqui angelical e pura, nobre e inatingível, mas adiante encarna-se na prostituta ou na lavadeira iletrada, acessível e ridicularizada; de um lado, os sentimentos que impulsionam os versos são os mais altos e os mais espiritualizados, mas de outro são comandados pelo desejo de perversão carnal e de cumplicidade com os boêmios, com os vagabundos, com os filhos de Satã; aqui, fala-se das nuvens, das flores, das ondas do mar, das estrelas, dos sonhos, da primavera; acolá, fala-se da garrafa de conhaque, do charuto, do quarto desarrumado, da roupa suja. Há, em suma, o idealismo completo ou então o total desprezo por ele, o que significa estar sempre o poeta numa das pontas do radicalismo emocional. Lendo a *Lira*, sobretudo comparando a primeira e a segunda partes dela, entenderemos que as duas "faces" são direções opostas do mesmo caminho romântico em que transita a imaginação do poeta, voltada ora para o sublime, ora para o grotesco — sempre desprezando a solução de algum "equilíbrio" ou "bom senso" (qualidades que se encontram na poesia arcádica, imediatamente anterior à do Romantismo).

Que dizer dessa divisão, dessa binomia dilacerante? Fácil é hoje acusá-la de "artificial", tanto quanto é fácil, em nossos dias, condenar a própria natureza do lirismo como "ultrapassada" ou "conservadora". Antes do julgamento, movanos a compreensão dos fenômenos, a compreensão de seu aspecto problemático: o *eu* romântico que fala em Álvares de Azevedo é um *eu* em crise profunda. Historicamente, é a crise do sujeito que reconhece extintos os antigos ideais da aristocracia, derrubada pela Revolução Francesa, e não se identifica com a falta de ideais da classe burguesa, empenhada no enriquecimento pessoal, na conquista de postos de prestígio, no gozo material da vida. O *eu* burguês do poeta romântico é um insatisfeito, carregando consigo a ilusão da onipotência individual ao mesmo tempo em que experimenta, no dia-a-dia, as provas de sua fragilidade. No movimento para dentro de si quer negar o mundo e afirmar a superioridade desse Eu; mas ninguém mais que ele precisa tanto de um mundo que o reconheça, que o ame, que o legitime. Psicologicamente, é a crise de um sujeito que cria seu próprio espelho, sabendo-o, porém, ilusório e precário: olhar-se nele é reconhecer a fragilidade desse rosto que, mal esboçado, dissipa-se como fumaça. Se somarmos a esse sentido de "construção" do *eu* romântico os atributos da adolescência (cuja crise é também a crise de uma passagem e de uma reconstrução de valores), entenderemos o quanto a "binomia" das almas se impôs a Álvares de Azevedo com a força de um autêntico *fato*. Quando intensamente interiorizada, a fantasia torna-se a realidade básica do mundo interior.

Para além dos critérios de "realismo" ou de "racionalidade", que certamente são hostis a boa parte da arte romântica, tratemos de reconhecer o que a faz bela em seus próprios domínios, em sua própria convenção — lembrando sempre, com humildade, que também o *eu* moderno vive de suas crises, muitas delas nascidas justamente com a indignação romântica contra o mercado da vida, ou a vida enquanto mercado. Cuidemos de localizar alguns elementos que compõem o universo da *Lira dos Vinte Anos*.

Algumas notas da *Lira*

Parceria poderosa na poesia de Álvares de Azevedo fazem o amor e a morte. Trata-se de um tema nuclear, em que parecem confundir-se o desejo de amar e o desejo de morrer. Na verdade, convergem um para o outro, por força da mesma idealidade que os anima. Em princípio, o amor é a face afirmativa desse ideal, o anseio maior: quer-se amar até um êxtase jamais provado, nos braços da mulher jamais amada: "Virgem do meu amor, o beijo a furto/ Que pouso em tua face adormecida/ Não te lembra no peito os meus amores/ E a febre do sonhar da minha vida?". Ocorre que essa "virgem", também chamada de "anjo", "flor", "estrela", torna-se para Álvares de Azevedo uma obsessão de pureza, incapaz de se materializar para o erotismo de adolescente: resta-lhe figurá-la em quadros onde dorme, qual uma encantada "bela adormecida", ou identificá-la mesmo com a amada morta, por quem se morrerá de amor. Na morte, nenhum ideal mais é negado; com a morte, sublima-se a limitação dos instintos e eleva-se o erotismo ao plano das sensações espirituais, em que já não há a *culpa* (é bom lembrar que se está no quadro da cultura cristã, em que o desejo da carne e a perfeição do espírito podem ser tomados como inconciliáveis). No caso de Álvares de Azevedo, temos ainda que levar em conta a timidez pessoal, que impõe o adiamento da resolução amorosa e intensifica o recurso da imaginação. Estilisticamente falando, esse encontro entre amor e morte se traduz na combinação de dois campos verbais: no plano amoroso, a "lânguida fronte", o "colo cheiroso", o "ardente seio", o "aroma vital", o "doce leito" são, com mil outras, expressões desse desejo de posse e vertigem corporal; no plano da sublimação e da morte, a amada é com freqüência uma "virgem pálida" num "leito de flores", o poeta é aquele que quer "nos teus lábios morrer", o espaço do amor é a "noite embalsamada" com o "orvalho santo/ Das perfumadas flores". As percepções concretas e as imagens mais abstratas se fundem, combinando sensações físicas e estados imaginários num mesmo código poético, simultaneamente afirmativo e negativo, amoroso e mórbido.

Outras vezes, a poesia de Álvares de Azevedo muda radicalmente de tom e promove, por meio do humor e da sátira, o rebaixamento de seus temas. No lugar da idealização amorosa e da sublimação pela morte, o poeta expressará as condições mais rasteiras de seu cotidiano: confessa ser um estudante preguiçoso e desanimado, admite que sua amada pode ser "leviana e bela/ Como a leve fumaça de um charuto", e se mostra disponível a qualquer uma que queira encontrá-lo "na Sé, domingo, à missa". Esse é, por exemplo, o espírito dos poemas que estão no admirável conjunto intitulado "Spleen e Charutos". Neles, o leitor por certo relaxará as tensões e as obsessões da primeira parte da *Lira*, mas ainda assim não deixará de reconhecer, sob a capa de tanto humor e tanta ironia, o esforço de um artifício, equivalente ao do idealismo mais convencional: trata-se agora de um ressentimento disfarçado em piadismo e auto-impiedade — no fundo uma espécie de desmascaramento vingativo dos mesmos ideais, o que não deixa de ser, ainda, uma forma de afirmá-los. A insistência na nota cômica pode ser uma tentativa de ocultamento de um drama. Nesse sentido, o humor azevediano comparece com aquela carga de afetação que não é própria do talento espontaneamente cômico, antes identifica a disposição negativista dos irônicos. Quando, no poema "O Poeta Moribundo", lemos a primeira estrofe ("Poetas! amanhã ao meu cadáver/ Minha tripa cortai mais sonorosa!.../ Façam dela uma corda, e cantem nela/ Os amores da vida esperançosa!"), nossa sensação é a de que o sarcasmo é tão intenso quanto as idealizações, e na verdade decorre delas (ou da falta delas). Assim também nas sátiras amorosas: substituir a musa virginal pela lavadeira entretida com o rol da roupa suja é um modo de preservar a mulher idealizada de qualquer contato com o mundo das pensões e das criadas.

Muitos consideram (e eu os acompanho) o conjunto de catorze poemas intitulado "Idéias Íntimas" o ponto mais alto da *Lira dos Vinte Anos*. Álvares de Azevedo atingiu neles a depuração máxima de sua linguagem, de seus temas, de seu repertório de imagens — tudo aliado a um tom de despojamento e naturalidade que alivia os excessos românticos e dota os poemas de um poder de grande envolvimento. "Idéias Íntimas" é uma passagem de aguda autoconsciência do poeta, em que ele comovida e corajosamente enfrenta as próprias obsessões, em parte para reafirmá-las, mas em parte para colocá-las na perspectiva de um surpreendente ângulo crítico (quase diria: de um ângulo realista).

"Idéias Íntimas" pode ser visto como um longo e inspirado momento poético, composto fragmentariamente (como já indica seu subtítulo: "Fragmento"), mas ainda assim unificado pela força material e simbólica do espaço em que tudo se dá: o quarto de estudante, a um tempo alcova e plataforma da imaginação. Ler esses poemas na seqüência dada é acompanhar o poeta numa espécie de "viagem" pelos detalhes do quarto e pelas transfigurações que vão sofrendo; é perfazer um ir e vir do elemento material ao imaginativo, do objeto concreto à metáfora. Com tantos pormenores fornecidos, podemos ir construindo pouco a pouco o cenário íntimo: os móveis (uma cama, uma mesa escura, algumas cadeiras, uma cômoda, uma estante), as cortinas, os inúmeros objetos (livros, retratos na parede, charutos, copo, garrafa de conhaque, um velho candeeiro, cigarros, cachimbo alemão etc.) — cada um desses elementos sendo muito sugestivo na composição de um autêntico microcosmo, assim avaliado pelo poeta: "Meu quarto, mundo em caos, espera um *Fiat*" (*Fiat* = *faça-se* (a luz), isto é, venha o momento de uma ordenação criativa).

Os poemas de "Idéias Íntimas" soam como falas, como solilóquios que trazem para muito perto de nós todo um universo desvelado. A sensação de que esses versos são *falas* provém da ausência de rimas, do deslizamento fácil de uma frase para outra, das enumerações descritivas, da mobilidade natural do olhar que gestualmente vai passando ou se detendo nos objetos (por vezes lembrando a fala poética do grande intimista moderno que é Manuel Bandeira). Com desenvoltura e grande variedade de tons, Álvares de Azevedo nos apresenta seu pequeno mundo, ao mesmo tempo mágico e prosaico. Num quadro que retrata a "pálida sombra da mulher formosa" que "entre nuvens azuis pranteia orando", seu olhar imaginativo intromete a própria presença do amante desejoso que, porém, desperta logo da visão e já não encontra senão "aquela vaga sombra na parede" em que se desmancham o desejo e o lirismo. Em outro momento, seu beijo se imprime no "poento vidro" que protege a estampa de uma bela adormecida: veja-se se não é esta uma pungente metáfora do destino que impede ao adolescente a vibração real de seu amor. Em outro momento ainda, presta homenagem aos "seus" poetas (Dante, Shakespeare, Byron), diante dos quais, ironicamente, promete compor um grande poema heróico, dedicado ... ao velho candeeiro que sobre a mesa "se espreguiça". No último fragmento, findo o passeio emotivo das idéias íntimas pelo mundo em caos, o poeta se desfaz de uma última lágrima, convoca os poderes satânicos do conhaque e se resigna às obrigações de estudante, abandonando as visões líricas.

Sente-se, no conjunto desses poemas, o quanto o espaço do cotidiano é inseparável das imagens poéticas, que nele vêm assentar-se com todo o peso da fantasia e dele retiram uma força materializante, perturbadora, próxima mesmo de uma superação da própria convenção do romantismo mais rigoroso. "Idéias Íntimas" ameaça romper os limites da dicção dessa escola poética, prefigurando o que seria a linguagem solta e coloquial inaugurada pelos poetas modernistas. A funda ironia com que trata o poeta a própria imagem de artista e as suas mais caras obsessões dá a tudo o sentido de uma confissão ampla, lúcida, acerca da condição frágil do escritor adolescente e sonhador.

De fato, em seus melhores momentos, Álvares de Azevedo exerceu com precocidade uma avaliação crítica dos códigos de sua poesia. Não excedeu, é verdade, as fronteiras do cânone romântico, mas o tom irônico esteve muito perto de expor sua linguagem contra o espelho de um duro realismo. Nunca saberemos até onde chegaria seu talento, vivesse outros vinte anos; o que sabemos é que, para o gosto moderno, a poesia de Álvares de Azevedo tem-se revelado a mais presente do nosso Romantismo. Os leitores que o poeta não teve para o livro que não viu surgiram logo, e multiplicaram-se até hoje, atraídos pela doçura sentimental que o artista soube converter em força poética, na lira de seus vinte anos.

Alcides Villaça
é poeta e professor
de Literatura Brasileira da USP

Cantando a vida, como o cisne a morte.
Bocage

Dieu, amour et poésie sont les trois mots que je voudrais seuls graver sur ma pierre, si je mérite une pierre.[1]
Lamartine

[1]DIEU, AMOUR ... UNE PIERRE. Deus, amor e poesia são as três únicas palavras que eu gostaria de gravar sobre a minha lápide, se eu mereço uma lápide.

PREFÁCIO

São os primeiros cantos de um pobre poeta. Desculpai-os. As primeiras vozes do sabiá não têm a doçura dos seus cânticos de amor.

É uma lira, mas sem cordas: uma primavera, mas sem flores, uma coroa de folhas, mas sem viço.

Cantos espontâneos do coração, vibrações doridas da lira interna que agitava um sonho, notas que o vento levou, — como isso dou a lume essas harmonias.

São as páginas despedaçadas de um livro não lido...

E agora que despi a minha musa saudosa dos véus do mistério do meu amor e da minha solidão, agora que ela vai seminua e tímida por entre vós, derramar em vossas almas os últimos perfumes de seu coração — ó meus amigos, recebei-a no peito, e amai-a como o consolo que foi de uma alma esperançosa, que depunha fé na poesia e no amor — esses dous raios luminosos do coração de Deus.

Se a terra é adorada, a mãe não é mais digna de veneração.
Digest of hindu law[2]

Como as flores de uma árvore silvestre
Se esfolham sobre a leiva que deu vida
A seus ramos sem fruto,
Ó minha doce mãe, sobre teu seio
Deixa que dessa pálida coroa
Das minhas fantasias
Eu desfolhe também, frias, sem cheiro,
Flores da minha vida, murchas flores
Que só orvalha o pranto!

[2]DIGEST OF HINDU LAW sumário da lei hindu.

PRIMEIRA PARTE

NO MAR

Les étoiles s'allument au ciel, et la brise du soir erre doucement parmi les fleurs: rêvez, chantez et soupirez.[3]

George Sand

Era de noite — dormias,
Do sonho nas melodias,
Ao fresco da viração;
Embalada na falua,
Ao frio clarão da lua,
Aos ais do meu coração!

Ah! que véu de palidez
Da langue face na tez!
Como teus seios revoltos
Te palpitavam sonhando!
Como eu cismava beijando
Teus negros cabelos soltos!

Sonhavas? — eu não dormia;
A minh'alma se embebia
Em tua alma pensativa!
E tremias, bela amante,
A meus beijos, semelhante
Às folhas da sensitiva!

E que noite! que luar!
E que ardentias no mar!
E que perfumes no vento!
Que vida que se bebia
Na noite que parecia
Suspirar de sentimento!

[3]LES ÉTOILES ... SOUPIREZ. No céu, as estrelas se iluminam e a brisa leve da noite passeia por entre as flores: sonhos, cantos e suspiros.

Minha rola, ó minha flor,
Ó madressilva de amor!
Como eras saudosa então!
Como pálida sorrias
E no meu peito dormias
Aos ais do meu coração!

E que noite! que luar!
Como a brisa a soluçar
Se desmaiava de amor!
Como toda evaporava
Perfumes que respirava
Nas laranjeiras em flor!

Suspiravas? que suspiro!
Ai que ainda me deliro
Sonhando a imagem tua
Ao fresco da viração,
Aos ais do meu coração,
Embalada na falua!

Como virgem que desmaia,
Dormia a onda na praia!
Tua alma de sonhos cheia
Era tão pura, dormente,
Como a vaga transparente
Sobre seu leito de areia!

Era de noite — dormias,
Do sonho nas melodias,
Ao fresco da viração;
Embalada na falua,
Ao frio clarão da lua,
Aos ais do meu coração!

SONHANDO

Hier, la nuit d'été que nous prêtait ses voiles,
Était digne de toi, tant elle avait d'étoiles![4]
V. Hugo

Na praia deserta que a lua branqueia,
Que mimo! que rosa, que filha de Deus!
Tão pálida — ao vê-la meu ser devaneia,
Sufoco nos lábios os hálitos meus!
Não corras na areia,
Não corras assim!
Donzela, onde vais?
Tem pena de mim!

A praia é tão longa! e a onda bravia
As roupas de gaza te molha de escuma;
De noite — aos serenos — a areia é tão fria,
Tão úmido o vento que os ares perfuma!
És tão doentia!
Não corras assim!
Donzela, onde vais?
Tem pena de mim!

A brisa teus negros cabelos soltou,
O orvalho da face te esfria o suor;
Teus seios palpitam — a brisa os roçou,
Beijou-os, suspira, desmaia de amor!
Teu pé tropeçou...
Não corras assim!
Donzela, onde vais?
Tem pena de mim!

[4]HIER, LA NUIT ... AVAIT D'ÉTOILES! Ontem, a noite de verão nos cobria com seu véu./ Ela era digna de ti, com mil estrelas no céu!

E o pálido mimo da minha paixão
Num longo soluço tremeu e parou;
Sentou-se na praia; sozinha no chão
A mão regelada no colo pousou!
Que tens, coração,
Que tremes assim?
Cansaste, donzela?
Tem pena de mim!

Deitou-se na areia que a vaga molhou.
Imóvel e branca na praia dormia;
Mas nem os seus olhos o sono fechou
E nem o seu colo de neve tremia.
O seio gelou?...
Não durmas assim!
Ó pálida fria,
Tem pena de mim!

Dormia — na fronte que níveo suar!
Que mão regelada no lânguido peito!
Não era mais alvo seu leito do mar,
Não era mais frio seu gélido leito!
Nem um ressonar!...
Não durmas assim!
Ó pálida fria,
Tem pena de mim!

Aqui no meu peito vem antes sonhar
Nos longos suspiros do meu coração:
Eu quero em meus lábios teu seio aquentar,
Teu colo, essas faces, e a gélida mão!
Não durmas no mar!
Não durmas assim.
Estátua sem vida,
Tem pena de mim!

E a vaga crescia seu corpo banhando,
As cândidas formas movendo de leve!
E eu vi-a suave nas águas boiando
Com soltos cabelos nas roupas de neve!
Nas vagas sonhando
Não durmas assim;
Donzela, onde vais?
Tem pena de mim!

E a imagem da virgem nas águas do mar
Brilhava tão branca no límpido véu!
Nem mais transparente luzia o luar
No ambiente sem nuvens da noite do céu!
Nas águas do mar
Não durmas assim!
Não morras, donzela,
Espera por mim!

CISMAR

Fala-me, anjo de luz! és glorioso
À minha vista na janela à noite,
Como divino alado mensageiro
Ao ebrioso olhar dos frouxos olhos
Do homem que se ajoelha para vê-lo
Quando resvala em preguiçosas nuvens
Ou navega no seio do ar da noite.
Romeu

Ai! quando de noite, sozinha à janela,
Co'a face na mão eu te vejo ao luar,
Por que, suspirando, tu sonhas, donzela?
A noite vai bela,
E a vista desmaia
Ao longe na praia
Do mar!

Por quem essa lágrima orvalha-te os dedos,
Como água da chuva a cheiroso jasmim?
Na cisma que anjinho te conta segredos?
Que pálidos medos?
Suave morena,
Acaso tens pena
De mim?

Donzela sombria, na brisa não sentes
A dor que um suspiro em meus lábios tremeu?
E a noite, que inspira no seio dos entes
Os sonhos ardentes,
Não diz-te que a voz
Que fala-te a sós
Sou eu?

Acorda! não durmas da cisma no véu!
Amemos, vivamos, que amor é sonhar!
Um beijo, donzela! Não ouves? no céu
A brisa gemeu...
As vagas murmuram...
As folhas sussurram:
Amar!

AI JESUS!

Ai Jesus! não vês que gemo,
Que desmaio de paixão
Pelos teus olhos azuis?
Que empalideço, que tremo,
Que me expira o coração?
Ai Jesus!

Que por um olhar, donzela,
Eu poderia morrer
Dos teus olhos pela luz?
Que morte! que morte bela!
Antes seria viver!
Ai Jesus!

Que por um beijo perdido
Eu de gozo morreria
Em teus níveos seios nus?
Que no oceano dum gemido
Minh'alma se afogaria?
Ai Jesus!

ANJINHO

And from her fresh and unpolluted flesh
May violets spring![5]
Hamlet

Não chorem! que não morreu!
Era um anjinho do céu
Que um outro anjinho chamou!
Era uma luz peregrina,
Era uma estrela divina
Que ao firmamento voou!

Pobre criança! dormia:
A beleza reluzia
No carmim da face dela!
Tinha uns olhos que choravam,
Tinha uns risos que encantavam!
Ai meu Deus! era tão bela!

Um anjo d'asas azuis,
Todo vestido de luz,
Sussurrou-lhe num segredo
Os mistérios de outra vida!
E a criança adormecida
Sorria de se ir tão cedo!

Tão cedo! que ainda o mundo
O lábio visguento, imundo,
Lhe não passara na roupa!
Que só o vento do céu
Batia do barco seu
As velas d'ouro da poupa!

[5] AND FROM ... VIOLETS SPRING! Que de sua jovem e imaculada carne/ Possam brotar violetas!

Tão cedo! que o vestuário
Levou do anjo solitário
Que velava seu dormir!
Que lhe beijava risonho
E essa florzinha no sonho
Toda orvalhava no abrir!

Não chorem! lembro-me ainda
Como a criança era linda
No frio da facezinha!
Com seus lábios azulados,
Com os seus olhos vidrados
Como de morta andorinha!

Pobrezinho! o que sofreu!
Como convulso tremeu
Na febre dessa agonia!
Nem gemia o anjo lindo,
Só os olhos expandindo
Olhar alguém parecia!

Era um canto de esperança
Que embalava essa criança?
Alguma estrela perdida,
Do céu c'roada donzela,
Toda a chorar-se por ela
Que a chamava doutra vida?

Não chorem, que não morreu!
Que era um anjinho do céu
Que um outro anjinho chamou!
Era uma luz peregrina,
Era uma estrela divina
Que ao firmamento voou!

Era uma alma que dormia
Da noite na ventania,
E que uma fada acordou!
Era uma flor de palmeira
Que um céu d'inverno murchou!

Não chores, abandonada
Pela rosa perfumada!
Tendo no lábio um sorriso
Ela foi-se mergulhar
— Como pérola no mar —
Nos sonhos do paraíso!

Não chores! chora o jardim
Quando murchado o jasmim
Sobre o seio lhe pendeu?
E pranteia a noite bela
Pelo astro, pela donzela
Mortas na terra ou no céu?

Choram as flores no afã,
Quando a ave da manhã
Estremece, cai, esfria?
Chora a onda quando vê
A boiar uma irerê
Morta ao sol do meio-dia?

Não chores! que não morreu!
Era um anjinho do céu
Que um outro anjinho chamou!
Era uma luz peregrina,
Era uma estrela divina
Que ao firmamento voou!

ANJOS DO MAR

As ondas são anjos que dormem no mar,
Que tremem, palpitam, banhados de luz...
São anjos que dormem, a rir e sonhar
E em leito d'escuma revolvem-se nus!

E quando de noite vem pálida a lua
Seus raios incertos tremer, pratear,
E a trança luzente da nuvem flutua,
As ondas são anjos que dormem no mar!

Que dormem, que sonham — e o vento dos céus
Vem tépido à noite nos seios beijar!
São meigos anjinhos, são filhos de Deus,
Que ao fresco se embalam do seio do mar!

E quando nas águas os ventos suspiram,
São puros fervores de ventos e mar:
São beijos que queimam... e as noites deliram,
E os pobres anjinhos estão a chorar!

Ai! quando tu sentes dos mares na flor
Os ventos e vagas gemer, palpitar,
Por que não consentes, num beijo de amor,
Que eu diga-te os sonhos dos anjos do mar?

I
Tenho um seio que delira
Como as tuas harmonias!
Que treme quando suspira,
Que geme como gemias!

II
Tenho músicas ardentes,
Ais do meu amor insano,
Que palpitam mais dormentes
Do que os sons do teu piano!

III
Tenho cordas argentinas
Que a noite faz acordar,
Como as nuvens peregrinas
Das gaivotas do alto-mar!

IV
Como a teus dedos lindinhos
O teu piano gemeu,
Vibra-me o seio aos dedinhos
Dos anjos loiros do céu!

V
Vibra à noite no mistério,
Se o banha o frouxo luar,
Se passa teu rosto aéreo
No vaporoso sonhar!

VI
Como tremem teus dedinhos
O saudoso piano teu,
Vibram-me n'alma os anjinhos,
Os anjos louros do céu!

A CANTIGA DO SERTANEJO

Love me and leave me not.
Shakespeare, *Merch. of Venice*[6]

Donzela! se tu quiseras
Ser a flor das primaveras
Que tenho no coração!
E se ouviras o desejo
Do amoroso sertanejo
Que descora de paixão!

Se tu viesses comigo
Das serras ao desabrigo
Aprender o que é amar
— Ouvi-lo no frio vento,
Das aves no sentimento,
Nas águas e no luar!

— Ouvi-lo nessa viola,
Onde a modinha espanhola
Sabe carpir e gemer!
Que pelas horas perdidas
Tem cantigas doloridas,
Muito amor! muito doer!...

Pobre amor! o sertanejo
Tem apenas seu desejo
E as noites belas do val!
Só — o ponche adamascado,
O trabuco prateado
E o ferro de seu punhal!

[6] LOVE ME ... VENICE Me ame e não me deixe nunca. Shakespeare, *Mercador de Veneza*.

E tem — as lendas antigas
E as desmaiadas cantigas
Que fazem de amor gemer!
E nas noites indolentes
Bebe cânticos ardentes
Que fazem estremecer!

Tem mais — na selva sombria
Das florestas a harmonia,
Onde passa a voz de Deus,
E nos relentos da serra
Pernoita na sua terra,
No leito dos sonhos seus!

Se tu viesses, donzela,
Verias que a vida é bela
No deserto do sertão!
Lá têm mais aromas as flores
E mais amor os amores
Que falam no coração!

Se viesses inocente
Adormecer docemente
À noite no peito meu!
E se quisesses comigo
Vir sonhar no desabrigo
Com os anjinhos do céu!

É doce na minha terra
Andar, cismando, na serra
Cheia de aroma e de luz,
Sentindo todas as flores,
Bebendo amor nos amores
Das borboletas azuis!

Os veados da campina
Na lagoa, entre a neblina,
São tão lindos a beber!
Da torrente nas coroas
Ao deslizar das canoas
É tão doce adormecer!

Ah! se viesses, donzela,
Verias que a vida é bela
No silêncio do sertão!
Ah! morena! se quiseras
Ser a flor das primaveras
Que tenho no coração!

Junto às águas da torrente
Sonharias indolente
Como num seio d'irmã!
— Sobre o leito de verduras
O beijo das criaturas
Suspira com mais afã!

E da noitinha as aragens
Bebem nas flores selvagens
Efluviosa fresquidão!
Os olhos têm mais ternura,
E os ais da formosura
Se embebem no coração!

E na caverna sombria
Tem um ai mais harmonia
E mais fogo o suspirar!
Mais fervoroso o desejo
Vai sobre os lábios num beijo
Enlouquecer, desmaiar!

E da noite nas ternuras
A paixão tem mais venturas
E fala com mais ardor!
E os perfumes, o luar,
E as aves a suspirar,
Tudo canta e diz amor!

Ah! vem! amemos! vivamos!
O enlevo do amor bebamos
Nos perfumes do sertão!
Ah! virgem, se tu quiseras
Ser a flor das primaveras
Que tenho no coração!...

Dreams! dreams! dreams![7]
W. Cowper

Quando à noite no leito perfumado
Lânguida fronte no sonhar reclinas,
No vapor da ilusão por que te orvalha
Pranto de amor as pálpebras divinas?

E, quando eu te contemplo adormecida
Solto o cabelo no suave leito,
Por que um suspiro tépido ressona
E desmaia suavíssimo em teu peito?

Virgem do meu amor, o beijo a furto
Que pouso em tua adormecida
Não te lembra no peito os meus amores
E a febre do sonhar de minha vida?

Dorme, ó anjo de amor! no teu silêncio
O meu peito se afoga de ternura
E sinto que o porvir não vale um beijo
E o céu um teu suspiro de ventura!

Um beijo divinal que acende as veias,
Que de encantos os olhos ilumina,
Colhido a medo como flor da noite
Do teu lábio na rosa purpurina,

E um volver de teus olhos transparentes,
Um olhar dessa pálpebra sombria,
Talvez pudessem reviver-me n'alma
As santas ilusões de que eu vivia!

[7]DREAMS! DREAMS! DREAMS! Sonhos! sonhos! sonhos!

O POETA

Un souvenir heureux est peut-être sur terre
Plus vrai que le bonheur![8]
A. de Musset

Era uma noite — eu dormia
E nos meus sonhos revia
As ilusões que sonhei!
E no meu lado senti...
Meu Deus! por que não morri?
Por que do sono acordei?

No meu leito — adormecida,
Palpitante e abatida,
A amante de meu amor!
Os cabelos recendendo
Nas minhas faces correndo
Como o luar numa flor!

Senti-lhe o colo cheiroso
Arquejando sequioso;
E nos lábios, que entr'abria
Lânguida respiração,
Um sonho do coração
Que suspirando morria!

Não era um sonho mentido;
Meu coração iludido
O sentiu e não sonhou:
E sentiu que se perdia
Numa dor que não sabia...
Nem ao menos a beijou!

[8] UN SOUVENIR ... LE BONHEUR! Na vida, uma lembrança feliz é, talvez, mais verdadeira que a felicidade!

Soluçou o peito ardente,
Sentiu que a alma demente
Lhe desmaiava a tremer:
Embriagou-se de enleio,
No sono daquele seio
Pensou que ele ia morrer!

Que divino pensamento,
Que vida num só momento
Dentro do peito sentiu...

Não sei... Dorme no passado
Meu pobre sonho doirado...
Esperança que mentiu!

Sabem as noites do céu
E as luas brancas sem véu
As lágrimas que eu chorei!
Contem do vale as florinhas
Esse amor das noites minhas!
Elas sim... eu não direi!

E se eu tremendo, senhora,
Viesse pálido agora
Lembrar-vos o sonho meu,
Com a fronte descorada
E com a voz sufocada
Dizer-vos baixo — Sou eu!

Sou eu! que não esqueci
A noite que não dormi,
Que não foi uma ilusão!
Sou eu que sinto morrer
A esperança de viver...
Que o sinto no coração! —

Riríeis das esperanças,
Das minhas loucas lembranças,
Que me desmaiam assim?
Ou então, de noite, a medo
Choraríeis em segredo
Uma lágrima por mim?

Dorme, meu coração! em paz esquece
Tudo, tudo que amaste neste mundo!
Sonho falaz de tímida esperança
Não interrompa teu dormir profundo!
Tradução do Dr. Otaviano

Fui um doudo em sonhar tantos amores,
Que loucura, meu Deus!
Em expandir-lhe aos pés, pobre insensato,
Todos os sonhos meus!

E ela, triste mulher, ela tão bela,
Dos seus anos na flor,
Por que havia sagrar pelos meus sonhos
Um suspiro de amor?

Um beijo — um beijo só! eu não pedia
Senão um beijo seu,
E nas horas do amor e do silêncio
Juntá-la ao peito meu!

Foi mais uma ilusão! de minha fronte
        Rosa que desbotou,
Uma estrela de vida e de futuro
        Que riu... e desmaiou!

Meu triste coração, é tempo, dorme,
        Dorme no peito meu!
Do último sonho despertei, e n'alma
        Tudo! tudo morreu!

Meu Deus! por que sonhei, e assim por ela
        Perdi a noite ardente,
Se devia acordar dessa esperança,
        E o sonho era demente?...

Eu nada lhe pedi — ousei apenas
Junto dela — à noitinha
Nos meus delírios apertar tremendo
A sua mão na minha!

Adeus, pobre mulher! no meu silêncio
Sinto que morrerei...
Se rias desse amor que te votava.
Deus sabe se te amei!

Se te amei! se minha alma só queria
Pela tua viver,
No silêncio do amor e da ventura
Nos teus lábios morrer!

Mas vota ao menos no lembrar saudoso
Um ai ao sonhador...
Deus sabe se te amei!... Não te maldigo,
Maldigo o meu amor!...

Mas não... inda uma vez... Não posso ainda
Dizer o eterno adeus
E a sangue-frio renegar dos sonhos
E blasfemar de Deus!

Oh! fala-me de amor — eu quero crer-te
Um momento sequer!
E esperar na ventura e nos amores,
Num olhar de mulher!

Só um olhar por compaixão te peço,
Um olhar, mas bem lânguido, bem terno.
....
Quero um olhar que me arrebate o siso,
Me queime o sangue, m'escureça os olhos.
Me torne delirante!
Almeida Freitas

Sur votre main jamais votre front ne se pose,
Brûlant, chargé d'ennuis, ne pouvant soutenir
Le poids d'un douloureux et cruel souvenir;
Votre coeur virginal en lui-même repose.[9]
Th. Gautier

Ricorditi di me[10] ....
Dante, "Purgatório"

Quando falo contigo, no meu peito
Esquece-me esta dor que me consome:
Talvez corre o prazer nas fibras d'alma:
E eu ouso ainda murmurar teu nome!

Que existência, mulher! se tu souberas
A dor de coração do teu amante,
E os ais que pela noite, no silêncio,
Arquejam no seu peito delirante!

E quanto sofre e padeceu, e a febre
Como seus lábios desbotou na vida,
E sua alma cansou na dor convulsa
E adormeceu na cinza consumida!

Talvez terias dó da mágoa insana
Que minh'alma votou ao desalento,
E consentira a virgem dos amores
Descansar-me no seio um só momento!

[9] SUR VOTRE ... REPOSE. Jamais nas mãos tua cabeça pousa febril, vergada ao peso dos desgostos da memória cruel e dolorosa. Teu puro coração em si repousa.

[10] RICORDITI DI ME Lembra-te de mim.

Sou um doudo talvez de assim amar-te,
De murchar minha vida no delírio...
Se nos sonhos de amor nunca tremeste
Sonhando meu amor e meu martírio!

— E não pude, febril e de joelhos,
Com a mente abrasada e consumida,
Contar-te as esperanças do meu peito
E as doces ilusões de minha vida!

Oh! quando eu te fitei, sedento e louco,
Teu olhar que meus sonhos alumia,
Eu não sei se era vida o que minh'alma
Enlevava de amor e adormecia!

Oh! nunca em fogo teu ardente seio
A meu peito juntei que amor definha;
A furto apenas eu senti medrosa
Tua gélida mão tremer na minha!...

Tem pena, anjo de Deus! deixa que eu sinta
Num beijo esta minh'alma enlouquecer
E que eu viva de amor nos teus joelhos,
E morra no teu seio o meu viver!

Sou um doudo, meu Deus! mas no meu peito
Tu sabes se uma dor, se uma lembrança
Não queria calar-se a um beijo dela,
Nos seios dessa pálida criança!

Se num lânguido olhar, no véu do gozo
Os olhos de Espanhola a furto abrindo
Eu não tremia — o coração ardente
No peito exausto remoçar sentindo!

Se no momento efêmero e divino
Em que a virgem pranteia desmaiando
E a c'roa virginal a noiva esfolha,
Eu queria a seus pés morrer chorando!

Adeus! rasgou-se a página saudosa
Que teu porvir de amor no meu fundia,
Gelou-se no meu sangue moribundo
Essa gota final de que eu vivia!

Adeus, anjo de amor! tu não mentiste!
Foi minha essa ilusão, e o sonho ardente:
Sinto que morrerei... tu dorme e sonha
No amor dos anjos, pálida inocente!

Mas um dia... se a nódoa da existência
Murchar teu cálice orvalhoso e cheio,
Flor que não respirei, que amei sonhando,
Tem saudades de mim, que eu te pranteio!

NA MINHA TERRA

Laisse-toi donc aimer! Oh! l'amour c'est la vie.
C'est tout ce qu'on regrette et tout ce qu'on envie,
Quand on voit sa jeunesse au couchant décliner.
....
La beauté c'est le front, l'amour c'est la couronne,
Laisse-toi couronner![11]
V. Hugo

I

Amo o vento da noite sussurrante
A tremer nos pinheiros
E a cantiga do pobre caminhante
No rancho dos tropeiros;

E os monótonos sons de uma viola
No tardio verão,
E a estrada que além se desenrola
No véu da escuridão;

A restinga d'areia onde rebenta
O oceano a bramir,
Onde a lua na praia macilenta
Vem pálida luzir;

E a névoa e flores e o doce ar cheiroso
Do amanhecer na serra,
E o céu azul e o manto nebuloso
Do céu de minha terra;

E o longo vale de florinhas cheio
E a névoa que desceu,
Como véu de donzela em branco seio,
As estrelas do céu.

[11] LAISSE-TOI ... COURONNER! Não deixa então de amar! O amor é vida./ É tudo o que se chora e tudo o que se inveja,/ Quando a mocidade, aos poucos, vai morrendo./ A fronte é a beleza, o amor é a coroa./ Deixa-te coroar!

II

Não é mais bela, não, a argêntea praia
Que beija o mar do sul,
Onde eterno perfume a flor desmaia
E o céu é sempre azul;

Onde os serros fantásticos roxeiam
Nas tardes de verão
E os suspiros nos lábios incendeiam
E pulsa o coração!

Sonho da vida que doirou e azula
A fada dos amores,
Onde a mangueira ao vento que tremula
Sacode as brancas flores,

E é saudoso viver nessa dormência
Do lânguido sentir,
Nos enganos suaves da existência
Sentindo-se dormir;

Mais formosa não é: não doire embora
O verão tropical
Com seus rubores a alvacenta aurora
Da montanha natal,

Nem tão doirada se levante a lua
Pela noite do céu,
Mas venha triste, pensativa — e nua
Do prateado véu —

Que me importa? se as tardes purpurinas
E as auroras dali
Não deram luz às diáfanas cortinas
Do leito onde eu nasci?

Se adormeço tranqüilo no teu seio
E perfuma-se a flor
Que Deus abriu no peito do poeta,
Gotejante de amor?

Minha terra sombria, és sempre bela,
Inda pálida a vida
Como o sono inocente da donzela
No deserto dormida!

No italiano céu nem mais suaves
São da noite os amores,
Não tem mais fogo o cântico das aves
Nem o vale mais flores!

III
Quando o gênio da noite vaporosa
Pela encosta bravia
Na laranjeira em flor toda orvalhosa
De aroma se inebria,

No luar junto à sombra recendente
De um arvoredo em flor,
Que saudades e amor que influi na mente
Da montanha o frescor!

E quando à noite no luar saudoso
Minha pálida amante
Ergue seus olhos úmidos de gozo,
E o lábio palpitante...

Cheia da argêntea luz do firmamento
Orando por seu Deus,
Então... eu curvo a fronte ao sentimento
Sobre os joelhos seus...

E quando sua voz entre harmonias
Sufoca-se de amor,
E dobra a fronte bela de magias
Como pálida flor,

E a alma pura nos seus olhos brilha
Em desmaiado véu,
Como de um anjo na cheirosa trilha
Respiro o amor do céu!

Melhor a viração uma per uma
Vem as folhas tremer,
E a floresta saudosa se perfuma
Da noite no morrer...

E eu amo as flores e o doce ar mimoso
Do amanhecer da serra
E o céu azul e o manto nebuloso
Do céu da minha terra!

ITÁLIA

Ao Meu Amigo o Conde De Fé.

Veder Napoli e poi morir.[12]

I

Lá na terra da vida e dos amores
Eu podia viver inda um momento;
Adormecer ao sol da primavera
Sobre o colo das virgens de Sorrento!

Eu podia viver — e porventura
Nos luares do amor amar a vida;
Dilatar-se minh'alma como o seio
Do pálido Romeu na despedida!

Eu podia na sombra dos amores
Tremer num beijo o coração sedento:
Nos seios da donzela delirante
Eu podia viver inda um momento!

Ó Anjo de meu Deus! se nos meus sonhos
Não mentia o reflexo da ventura,
E se Deus me fadou nesta existência
Um instante de enlevo e de ternura,

Lá entre os laranjais, entre os loureiros,
Lá onde a noite seu aroma espalha
Nas longas praias onde o mar suspira,
Minha alma exalarei no céu da Itália!

Ver a Itália e morrer!... Entre meus sonhos
Eu vejo-a de volúpia adormecida:
Nas tardes vaporentas se perfuma
E dorme à noite na ilusão da vida!

[12]VEDER ... MORIR. Ver Nápoles e depois morrer.

E, se eu devo expirar nos meus amores,
Nuns olhos de mulher amor bebendo,
Seja aos pés da morena Italiana,
Ouvindo-a suspirar, inda morrendo.

Lá na terra da vida e dos amores
Eu podia viver inda um momento,
Adormecer ao sol da primavera
Sobre o colo das virgens de Sorrento!

II

A Itália! sempre a Itália delirante!
E os ardentes saraus, e as noites belas!
A Itália do prazer, do amor insano,
Do sonho fervoroso das donzelas!

E a gôndola sombria resvalando
Cheia de amor, de cânticos, de flores,
E a vaga que suspira à meia-noite
Embalando o mistério dos amores!

Ama-te o sol, ó terra da harmonia,
Do Levante na brisa te perfumas:
Nas praias de ventura e primavera
Vai o mar estender seu véu d'escumas!

Vai a lua sedenta e vagabunda
O teu berço banhar na luz saudosa,
As tuas noites estrelar de sonhos
E beijar-te na fronte vaporosa!

Pátria do meu amor! terra das glórias
Que o gênio consagrou, que sonha o povo,
Agora que murcharam teus loureiros
Fora doce em teu seio amar de novo:

Amar tuas montanhas e as torrentes
E esse mar onde bóia alcion dormindo,
Onde as ilhas se azulam no ocidente,
Como nuvens à tarde se esvaindo;

Aonde à noite o pescador moreno
Pela baía no batel se escoa,
E murmurando, nas canções de Armida,
Treme aos fogos errantes da canoa;

Onde amou Rafael, onde sonhava
No seio ardente da mulher divina,
E talvez desmaiou no teu perfume
E suspirou com ele a Fornarina!

E juntos, ao luar, num beijo errante
Desfolhavam os sonhos da ventura,
E bebiam na lua e no silêncio
Os eflúvios de tua formosura!

Ó Anjo do meu Deus, se nos meus sonhos
A promessa do amor me não mentia,
Concede um pouco ao infeliz poeta
Uma hora da ilusão que o embebia!

Concede ao sonhador, que tão-somente
Entre delírios palpitou d'enleio,
Numa hora de paixão e de harmonia
Dessa Itália do amor morrer no seio!

Oh! na terra da vida e dos amores
Eu podia sonhar inda um momento,
Nos seios da donzela delirante
Apertar o meu peito macilento!

Maio, 1851 — S. Paulo

A T...

No amor basta uma noite para fazer de um homem um Deus.
Propércio

Amoroso palor meu rosto inunda,
Mórbida languidez me banha os olhos,
Ardem sem sono as pálpebras doridas,
Convulsivo tremor meu corpo vibra:
Quanto sofro por ti! Nas longas noites
Adoeço de amor e de desejo
E nos meus sonhos desmaiando passa
A imagem voluptuosa da ventura...
Eu sinto-a de paixão encher a brisa,
Embalsamar a noite e o céu sem nuvens,
E ela mesma suave descorando

Os alvacentos véus soltar do colo,
Cheirosas flores desparzir sorrindo
Da mágica cintura.
Sinto na fronte pétalas de flores,
Sinto-as nos lábios e de amor suspiro.
Mas flores e perfumes embriagam,
E no fogo da febre, e em meu delírio
Embebem na minh'alma enamorada
Delicioso veneno.

Estrela de mistério, em tua fronte
Os céus revela, e mostra-me na terra,
Como um anjo que dorme, a tua imagem
E teus encantos onde amor estende
Nessa morena tez a cor de rosa.
Meu amor, minha vida, eu sofro tanto!
O fogo de teus olhos me fascina,
O languor de teus olhos me enlanguesce,
Cada suspiro que te abala o seio
Vem no meu peito enlouquecer minh'alma!

Ah! vem, pálida virgem, se tens pena
De quem morre por ti, e morre amando,
Dá vida em teu alento à minha vida,
Une nos lábios meus minh'alma à tua!
Eu quero ao pé de ti sentir o mundo
Na tua alma infantil; na tua fronte
Beijar a luz de Deus; nos teus suspiros
Sentir as virações do paraíso;
E a teus pés, de joelhos, crer ainda
Que não mente o amor que um anjo inspira,
Que eu posso na tua alma ser ditoso,
Beijar-te nos cabelos soluçando
E no teu seio ser feliz morrendo!

Dezembro, 1851

CREPÚSCULO DO MAR

Que rêves-tu plus beau sur ces lointaines plages
Que cette chaste mer qui bagne nos rivages?
Que ces mornes couverts de bois silencieux,
Autels d'où nos parfums s'élèvent dans les cieux?[13]

Lamartine

No céu brilhante do poente em fogo
Com auréola ardente o sol dormia:
Do mar doirado nas vermelhas ondas
Purpúreo se escondia.

Como da noite o bafo sobre as águas
Que o reflexo da tarde incendiava,
Só a idéia de Deus e do infinito
No oceano boiava!

Como é doce viver nas longas praias
Nestas ondas e sol e ventania!
Como ao triste cismar encanto aéreo
Nas sombras preludia!

O painel luminoso do horizonte
Como as cândidas sombras alumia
Dos fantasmas de amor que nós amamos
Na ventura de um dia!

Como voltam gemendo e nebulosas,
Brancas as roupas, desmaiado o seio,
Inda uma vez a murmurar nos sonhos
As palavras do enleio!...

[13]QUE RÊVES-TU ... CIEUX? Nessas praias, que sonhas de mais belo/ Que o mar puro que banha nossas margens?/ Ou que as mornas e plácidas ramagens,/ Aras de onde sobem aos céus nossos perfumes?

Aqui nas praias onde o mar rebenta
E a escuma no morrer os seios rola,
Virei sentar-me no silêncio puro
Que o meu peito consola!

Sonharei — lá enquanto, no crepúsculo,
Como um globo de fogo o sol se abisma
E o céu lampeja no clarão medonho
De negro cataclisma;

Enquanto a ventania se levanta
E no ocidente o arrebol se ateia
No cinábrio do empíreo derramando
A nuvem que roxeia...

Hora solene das idéias santas
Que embala o sonhador nas fantasias,
Quando a taça do amor embebe os lábios
Do anjo das utopias!

Oceano de Deus! Que moribundo,
Do nauta na canção que voz perdida
Tão triste suspirou nas tuas ondas
Como um adeus à vida?

Que nau cheia de glória e d'esperanças,
Floreada ao vento a rúbida bandeira,
Na luz do incêndio rebentou bramindo
Na vaga sobranceira?

Por que ao sol da manhã, e ao ar da noite
Essa triste canção, eterna, escura
Como um treno de sombra e de agonia,
Nos teus lábios murmura?

É vermelho de sangue o céu da noite
Que na luz do crepúsculo se banha:
Que planeta do céu do roto seio
Golfeja luz tamanha?

Que mundo em fogo foi bater correndo
Ao peito de outro mundo — e uma torrente
De medonho clarão rasgou no éter
E jorra sangue ardente?

Onde as nuvens do céu voam dormindo,
Que doirada mansão de aves divinas
Num véu purpúreo se enlutou rolando
Ao vento das ruínas?

CREPÚSCULO NAS MONTANHAS

Pálida estrela, casto olhar da noite, diamante luminoso na fronte azul do crepúsculo, o que vês na planície?

Ossian

I

Além serpeia o dorso pardacento
Da longa serrania,
Rubro flameia o véu sanguinolento
Da tarde na agonia.

No cinéreo vapor o céu desbota
Num azulado incerto;
No ar se afoga desmaiando a nota
Do sino do deserto.

Vim alentar meu coração saudoso
No vento das campinas,
Enquanto nesse manto lutuoso
Pálida te reclinas,

E morre em teu silêncio, ó tarde bela,
Das folhas o rumor
E late o pardo cão que os passos vela
Do tardio pastor!

II

Pálida estrela! o canto do crepúsculo
Acorda-te no céu:
Ergue-te nua na floresta morta
Do teu doirado véu!

Ergue-te! eu vim por ti e pela tarde
Pelos campos errar,
Sentir o vento, respirando a vida,
E livre suspirar.

É mais puro o perfume das montanhas
Da tarde no cair:
Quando o vento da noite ruge as folhas,
É doce o teu luzir!

Estrela do pastor no véu doirado
Acorda-te na serra,
Inda mais bela no azulado fogo
Do céu da minha terra!

III

Estrela d'oiro, no purpúreo leito
Da irmã da noite, branca e peregrina
No firmamento azul derramas dia
Que as almas ilumina!

Abre o seio de pérola, transpira
Esse raio de luz que a mente inflama!
Esse raio de amor que ungiu meus lábios
No meu peito derrama!

IV

Lo bel pianeta che ad amar conforta
Faceva tutto rider l'oriente.[14]
Dante, "Purgatório"

Estrelinhas azuis do céu vermelho,
Lágrimas d'oiro sobre o véu da tarde,
Que olhar celeste em pálpebra divina
Vos derramou tremendo?

Quem à tarde, crisólitas ardentes,
Estrelas brancas, vos sagrou saudosas
Da fronte dela na azulada c'roa
Como auréola viva?

[14] LO BEL PIANETA ... L'ORIENTE. O belo planeta, que o amor conforta/ Fazia resplandecer o oriente inteiro.

Foram anjos de amor que vagabundos
Com saudades do céu vagam gemendo
E as lágrimas de fogo dos amores
        Sobre as nuvens pranteiam?

Criaturas da sombra e do mistério,
Ou no purpúreo céu doireis a tarde,
Ou pela noite cintileis medrosas,
        Estrelas, eu vos amo!

E quando exausto o coração no peito
Do amor nas ilusões espera e dorme,
Diáfanas vindes lhe doirar na mente
        A sombra da esperança!

Oh! quando o pobre sonhador medita
Do vale fresco no orvalhado leito,
Inveja às águias o perdido vôo,
Para banhar-se no perfume etéreo,
E nessa argêntea luz, no mar de amores
Onde entre sonhos e luar divino
A mão eterna vos lançou no espaço,
        Respirar e viver!

DESALENTO

Por que havíeis passar tão doces dias?
A. F. de Serpa Pimentel

Feliz daquele que no livro d'alma
Não tem folhas escritas,
E nem saudade amarga, arrependida,
Nem lágrimas malditas!

Feliz daquele que de um anjo as tranças
Não respirou sequer,
E nem bebeu eflúvios descorado
Numa voz de mulher!

E não sentiu a mão cheirosa e branca
Perdida em seus cabelos,
Nem resvalou do sonho deleitoso
A reais pesadelos!

Quem nunca te beijou, flor dos amores,
Flor do meu coração,
E não pediu frescor, febril e insano,
Da noite à viração!

Ah! feliz quem dormiu no colo ardente
Da huri dos amores,
Que sôfrego bebeu o orvalho santo
Das perfumadas flores,

E pôde vê-la morta ou esquecida
Dos longos beijos seus,
Sem blasfemar das ilusões mais puras
E sem rir-se de Deus!

Mas, nesse doloroso sofrimento
Do pobre peito meu,
Sentir no coração que à dor da vida
A esperança morreu!...

Que me resta, meu Deus?! aos meus suspiros
Nem geme a viração,
E dentro — no deserto do meu peito
Não dorme o coração!

PÁLIDA INOCÊNCIA

Cette image du ciel — innocence et beauté![15]
Lamartine

Por que, pálida inocência,
Os teus olhos em dormência
A medo lanças em mim?
No aperto de minha mão
Que sonho do coração
Tremeu-te os seios assim?

E tuas falas divinas
Em que amor lânguida afinas,
Em que lânguido sonhar?
E dormindo sem receio
Por que geme no teu seio
Ansioso suspirar?

Inocência! quem dissera
De tua azul primavera
As tuas brisas de amor!
Oh! quem teus lábios sentira
E que trêmulo te abrira
Dos sonhos a tua flor!

Quem te dera a esperança
De tua alma de criança,
Que perfuma teu dormir!
Quem dos sonhos te acordasse
Que num beijo t'embalasse
Desmaiada no sentir!

Quem te amasse! e um momento
Respirando o teu alento
Recendesse os lábios seus!
Quem lera, divina e bela,
Teu romance de donzela
Cheio de amor e de Deus!

[15]CETTE IMAGE ... BEAUTÉ! Essa imagem do céu — inocência e beleza!

SONETO

Pálida à luz da lâmpada sombria,
Sobre o leito de flores reclinada,
Como a lua por noite embalsamada,
Entre as nuvens do amor ela dormia!

Era a virgem do mar, na escuma fria
Pela maré das águas embalada!
Era um anjo entre nuvens d'alvorada
Que em sonhos se banhava e se esquecia!

Era mais bela! o seio palpitando...
Negros olhos as pálpebras abrindo...
Formas nuas no leito resvalando...

Não te rias de mim, meu anjo lindo!
Por ti — as noites eu velei chorando,
Por ti — nos sonhos morrerei sorrindo!

ANIMA MEA

E como a vida é bela e doce e amável!
Não presta o espinhal a sombra ao leito
Do pastor do rebanho vagaroso,
Melhor que as sedas do lençol noturno
Onde o pávido rei dormir não pode?
Shakespeare, *Henrique VI*, 3ª. p.

Quando nas sestas do verão saudoso
A sombra cai nos laranjais do vale
Onde o vento adormece e se perfuma,
E os raios d'oiro, cintilando vivos,
Como chuva encantada se gotejam
Nas folhas do arvoredo recendente,
Parece que de afã dorme a natura,
E as aves silenciosas se mergulham
No grato asilo da cheirosa sombra.

E que silêncio então pelas campinas!
A flor aberta na manhã mimosa,
E que os estos do sol d'estio murcham,
Cerra as folhas doridas e procura
Da grama no frescor doentio leito.
É doce então das folhas no silêncio
Penetrar o mistério da floresta,
Ou reclinado à sombra da mangueira
Um momento dormir, sonhar um pouco!
Ninguém que turve os sonhos de mancebo,
Ninguém que o indolente adormecido
Roube das ilusões que o acalentam
E do mole dormir o chame à vida!

E é tão doce dormir! é tão suave
Da modorra no colo embalsamado
Um momento tranqüilo deslizar-se!
Criaturas de Deus se peregrinam
Invisíveis na terra, consolando
As almas que padecem, certamente
É um anjo de Deus que toma ao seio
A fronte do poeta que descansa!

Ó florestas! ó relva amolecida,
A cuja sombra, em cujo doce leito
É tão macio descansar nos sonhos!
Arvoredos do vale! derramai-me
Sobre o corpo estendido na indolência
O tépido frescor e o doce aroma!
E quando o vento vos tremer nos ramos
E sacudir-vos as abertas flores
Em chuva perfumada, concedei-me
Que encham meu leito, minha face, a relva
Onde o mole dormir a amor convida!

E tu, Ilná, vem pois: deixa em teu colo
Descanse teu poeta: é tão divino
Sorver as ilusões dos sonhos ledos
Sentindo à brisa teus cabelos soltos
Meu rosto encherem de perfume e gozo!

Tudo dorme, não vês? dorme comigo,
Pousa na minha tua face bela
E o pálido cetim da tez morena...
Fecha teus olhos lânguidos... no sono
Quero sentir os túmidos suspiros,
No teu seio arquejar, morrer nos lábios
E no sono teu braço me enlaçando!

Ó minha noiva, minha doce virgem,
No regaço da bela natureza,
Anjo de amor, reclina-te e descansa!
Neste berço de flores tua vida
Límpida e pura correrá na sombra,
Como gota de mel em cálix branco
Da flor das selvas que ninguém respira.

Além, além nas árvores tranqüilas
Uma voz acordou como um suspiro.
São ais sentidos de amorosa rola
Que nos beijos de amor palpita e geme?
Ah! nem tão doce a rola suspirando
Modula seus gemidos namorados,
Não trina assim tão longa e molemente.
Em argentinas pérolas o canto
Se exala como as notas expirantes
De uma alma de mulher que chora e canta...

É a voz do sabiá: ele dormia
Ebrioso de harmonia e se embalava
No silêncio, na brisa e nos eflúvios
Das flores de laranja... Ilná, ouviste?
É o canto saudoso da esperança,
É dos nossos amores a cantiga
Que o aroma que exalam teus cabelos,
Tua lânguida voz talvez lhe inspiram!

Vem, Ilná: dá-me um beijo — adormeçamos.
A cantilena do sabiá sombrio
Encanta as ilusões, afaga o sono...
Oh! minha pensativa — descuidosa,
Eu sinto a vida bela em teu regaço,
Sinto-a bela nas horas do silêncio
Quando em teu colo me reclino e durmo,
E ainda os sonhos meus vivem contigo!

Ah! vem, ó minha Ilná: sei harmonias
Que a noite ensina ao violão saudoso
E que a lua do mar influi na mente;
E quando eu vibro as cordas tremulosas,
Como alma de donzela que respira,
Coa nas vibrações tanta saudade,
Tanto sonho de amor esvaecido,
Que o terno coração acorda e geme,
E os lábios do poeta inda suspiram!

Anjo do meu amor! se os ais da virgem
Têm doçuras, têm lágrimas divinas,
É quando no silêncio, e no mistério
Sobre o peito do amante se derramam
No sufocado alento os moles cantos,
Cantos de amor, de sede e d'esperanças
Que nos lábios febris afoga um beijo!

Ouves, Ilná? meu violão palpita:
Quero lembrar um cântico de amores;
Fora doce ao poeta, ao teu amante
Nos ais ardentes das maviosas fibras
Ouvir os teus alentos de mistura,
E as moles vibrações da cantilena
Este meu peito remoçar um pouco!
Virgem do meu amor, vem dar-me ainda
Um beijo! — um beijo longo transbordando
De mocidade e vida, e nos meus sonhos
Minh'alma acordará — o sopro errante
Da alma da virgem tremerá meus seios
E a doce aspiração dos meus amores
No condão da harmonia há de embalar-se!

A HARMONIA

Meu Deus! se às vezes na passada vida
Eu tive sensações que emudeciam
Essa descrença que me dói na vida,
E, como orvalho que a manhã vapora,
Em seus raios de luz a Deus me erguiam,
Foi quando às vezes a modinha doce
Ao sol de minha terra me embalava,
E quando as árias de Bellini pálido
Em lábios de Italiana estremeciam!

Oh! Santa Malibran! fora tão doce
Pelas noites suaves do silêncio
Nas lágrimas de amor, nos teus suspiros,
Na agonia de um beijo, ouvir gemendo
Entre meus sonhos tua voz divina!

Oh! Paganini! quando moribundo
Inda a rabeca ao peito comprimias,
Se o hálito de Deus, essa alma d'anjo
Que das fibras do peito cavernoso
Arquejava nas cordas entornando
Murmúrios d'esperança e de ventura,
Se a alma de teu viver roçou passando
Nalgum lábio sedento de poesia,
Numa alma de mulher adormecida,
Se algum seio tremeu a concebê-lo,
Esse alento de vida e de futuro,
Foi o teu seio, Malibran divina!

Ah! se nunca te ouvi, se teus suspiros,
Desdêmona sentida e moribunda,
Nunca pude beber no teu exílio,
Nos sonhos virginais senti ao menos
Tua pálida sombra vaporosa
Nesta fronte que a febre incandescera
Depor um beijo, suspirar passando!

Meu Deus! e outrora se um momento a vida
De poesia orvalhou meus pobres sonhos
Foi nuns suspiros de mulher saudosa,
Foi abatida, a forma desmaiada,
Uma pobre infeliz que descorando
Fazia os prantos meus correr-me aos olhos!

Pobre! pobre mulher! esses mancebos
Que choravam por ti quando gemias,
Quando sentias a tua alma ardente
No canto esvaecer, pálida e bela,
E teu lábio afogar entre harmonia
— Almas que de tua alma se nutriam,
Que davam-te seus sonhos, e amorosas
Desfolhavam-te aos pés a flor da vida,
Ai quantas não sentiste palpitantes,
Nem ousando beijar teu véu d'esposa,
Nas longas noites nem sonhar contigo!

E hoje riem de ti! da criatura
Que insana profanou as asas brancas,
Que num riso sem dó, uma per uma,
Na torrente fatal soltava rindo,
E as sentia boiando solitárias,
As flores da coroa, como Ofélia!...
Que iludida de amor vendeu a glória
E deu seu colo nu a beijo impuro...
Eles riem de ti — mas eu, coitada,
Pranteio teu viver e te perdôo!

Fada branca de amor, que sina escura
Manchou no teu regaço as roupas santas?
Por que deixavas encostada ao seio
A cabeça febril do libertino?
Por que descias das regiões doiradas
E lançavas ao mar a rota lira
Para vibrar tua alma em lábios dele?
Por que foste gemer na orgia ardente
A santa inspiração de teus poetas,
Perder teu coração em vis amores?
Anjo branco de Deus, que sina escura
Manchou no teu regaço as roupas santas?

Pálida Italiana! hoje esquecida,
O escárnio do plebeu murchou teus louros:
Tua voz se cansou nos ditirambos,
E tu não voltas com as mãos na lira
Vibrar nos corações as cordas virgens
E ao gênio adormecido em nossas almas
Na fronte desfolhar tuas coras!...
....

VIDA

Oh! laisse-moi t'aimer pour que j'aime la vie!
Pour ne point au bonheur dire un dernier adieu,
Pour ne point blasphémer les biens que l'homme envie
Et pour ne pas douter de Dieu![16]
Alex. Dumas

I

Oh! fala-me de ti! eu quero ouvir-te
Murmurar teu amor:
E nos teus lábios perfumar do peito
Minha pálida flor.

De tua letra nas queridas folhas
Eu sinto-me viver,
E as páginas do amor sobre meu peito
Fazem-me estremecer!

E, quando à noite delirante durmo,
Deito-as no peito meu:
Nos delíquios de amor, ó minha amante,
Eu sonho o seio teu,

A alma que as inspirou, que lhes deu vida
E o fogo da paixão,
E derramou as notas doloridas
Do virgem coração!

Eu quero-as no meu peito, como sonho
Teu seio de donzela,
Para sonhar contigo o céu mais puro
E a esperança mais bela!

[16] OH! LAISSE-MOI ... DIEU! Deixa-me te amar pra que eu possa amar a vida!/ Pra que nunca à felicidade eu dê adeus,/ Jamais blasfeme sobre os bens que o homem inveja/ Ou venha, algum dia, a duvidar de Deus!

II

A nós a vida em flor, a doce vida
Recendente de amor!
Cheia de sonhos, d'esperança e beijos
E pálido languor!

A tua alma infantil junto da minha
No fervor do desejo,
Nossos lábios ardentes descorando
Comprimidos num beijo,

E as noites belas de luar, e a febre
Da vida juvenil,
E este amor que sonhei, que só me alenta
No teu colo infantil!

III

Vem comigo ao luar — amemos juntos
Neste vale tranqüilo,
De abertas flores e caídas folhas
No perfumado asilo.

Aqui somente a rola da floresta
Da sesta no calor
O tremer sentirá dos longos beijos
E verá teu palor.

À noite encostarei a minha fronte
No virgem colo teu;
Terei por leito o vale dos amores,
Por tenda o azul do céu!

E terei tua imagem mais formosa
Nas vigílias do val:
Será da vida meu suave aroma
Teu lírio virginal.

IV

Que importa que o anátema do mundo
Se eleve contra nós,
Se é bela a vida num amor imenso
Na solidão — a sós?

Se nós teremos o cair da tarde
E o frescor da manhã:
E tu és minha mãe, e meus amores
E minh'alma de irmã?

Se teremos a sombra onde se esfolham
As flores do retiro —
E a vida além de ti — a vida inglória —
Não me vale um suspiro?

Bate a vida melhor dentro do peito
Do campo na tristeza
E o aroma vital, ali, do seio
Derrama a natureza:

E, aonde as flores no deserto dormem
Com mais viço e frescor,
Abre linda também a flor da vida
Da lua no palor.

C...

Oh! não tremas! que este olhar, este abraço te digam o que é inefável — abandonar-se sem receio, inebriar-se de uma voluptuosidade que deve ser eterna.

Goethe, *Faust*

Sim — coroemos as noites
Com as rosas do himeneu;
Entre flores de laranja
Serás minha e serei teu!

Sim — quero em leito de flores
Tuas mãos dentro das minhas...
Mas os círios dos amores
Sejam só as estrelinhas.

Por incenso os teus perfumes,
Suspiros por oração,
E por lágrimas, somente
As lágrimas da paixão!

Dos véus da noiva só tenhas
Dos cílios o negro véu;
Basta do colo o cetim
Para as Madonas do céu!

Eu soltarei-te os cabelos...
Quero em teu colo sonhar!
Hei de embalar-te... do leito
Seja lâmpada o luar!

Sim — coroemos as noites
Da laranjeira co'a flor;
Adormeçamos num templo,
Mas seja o templo do amor.

É doce amar como os anjos
Da ventura no himeneu:
Minha noiva, ou minh'amante
Vem dormir no peito meu!

Dá-me um beijo — abre teus olhos
Por entre esse úmido véu:
Se na terra és minha amante,
És a minha alma no céu!

NO TÚMULO DO MEU AMIGO JOÃO BATISTA DA SILVA PEREIRA JÚNIOR

EPITÁFIO

Perdão, meu Deus, se a túnica da vida
Insano profanei-a nos amores!
Se à coroa dos sonhos perfumados
Eu próprio desfolhei as róseas flores!

No vaso impuro corrompeu-se o néctar,
A argila da existência desbotou-me!
O sol de tua glória abriu-me as pálpebras,
Da nódoa das paixões purificou-me!

E quantos sonhos na ilusão da vida,
Quanta esperança no futuro ainda!
Tudo calou-se pela noite eterna...
E eu vago errante e só na treva infinda...

Alma em fogo, sedenta de infinito,
Num mundo de visões o vôo abrindo,
Como o vento do mar no céu noturno
Entre as nuvens de Deus passei dormindo!

A vida é noite: o sol tem véu de sangue:
Tacteia a sombra a geração descrida...
Acorda-te, mortal! é no sepulcro
Que a larva humana se desperta à vida!

Quando as harpas do peito a morte estala,
Um treno de pavor soluça e voa:
E a nota divinal que rompe as fibras
Nas dulias angélicas ecoa!

O PASTOR MORIBUNDO

Cantiga de Viola

A existência dolorida
Cansa em meu peito: eu bem sei
Que morrerei!
Contudo da minha vida
Podia alentar-se a flor
No teu amor!

Do coração nos refolhos
Solta um ai! num teu suspiro
Eu respiro!
Mas fita ao menos teus olhos
Sobre os meus: eu quero-os ver
Para morrer!

Guarda contigo a viola
Onde teus olhos cantei...
E suspirei!
Só a idéia me consola
Que morro como vivi...
Morro por ti!

Se um dia tu'alma pura
Tiver saudades de mim,
Meu serafim!
Talvez notas de ternura —
Inspirem o doudo amor
Do trovador!

TARDE DE VERÃO

Viens! ....
Que l'arbre pénétré de parfums et de chants,
....
Et l'ombre et le soleil, et l'onde et la verdure,
Et le rayonnement de toute la nature
Fassent épanouir comme une double fleur
La beauté sur ton front, et l'amour dans ton coeur![17]

V. Hugo

Como cheirosa e doce a tarde expira!
De amor e luz inunda a praia bela:
E o sol já roxo e trêmulo desdobra
Um íris furta-cor na fronte dela.

Deixai que eu morra só! enquanto o fogo
Da última febre dentro em mim vacila,
Não venham ilusões chamar-me à vida,
De saudades banhar a hora tranqüila!

Meu Deus! que eu morra em paz! não me coroem
De flores infecundas a agonia!
Oh! não doire o sonhar do moribundo
Lisonjeiro pincel da fantasia!

Exaurido de dor e d'esperança
Posso aqui respirar mais livremente,
Sentir ao vento dilatar-se a vida,
Como a flor da lagoa transparente!

Se ela estivesse aqui! no vale agora
Cai doce a brisa morna desmaiando:
Nos murmúrios do mar fora tão doce
Da tarde no palor viver amando!

[17] VIENS! ... TON COEUR! Vem!/ Que a planta recendendo cantos e perfumes,/ E a sombra ou o sol e a onda ou a verdura,/ De toda a natureza o esplendor que ofusca/ Façam desabrochar como uma dupla flor/ Na fronte, a beleza, e no coração, o amor!

Uni-la ao peito meu — nos lábios dela
Respirar uma vez, cobrando alento;
À divina visão de seus amores
Acordar o meu peito inda um momento!

Fulgura a minha amante entre meus sonhos,
Como a estrela do mar nas águas brilha;
Bebe à noite o favônio em seus cabelos
Mais suave o aroma que a baunilha.

Se ela estivesse aqui! jamais tão doce
O crepúsculo o céu embelecera,
E a tarde de verão fora mais bela
Brilhando sobre a sua primavera!

Da lânguida pupila de seus olhos
Num olhar a desdém entorna amores,
Como à brisa vernal na relva mole
O pessegueiro em flor derrama flores.

Árvore florescente desta vida,
Que amor, beleza, e mocidade encantam,
Derrama no meu seio as tuas flores
Onde as aves do céu à noite cantam!

Vem! a areia do mar cobri de flores,
Perfumei de jasmins teu doce leito;
Podes suave, ó noiva do poeta,
Suspirosa dormir sobre meu peito!

Não tardes, minha vida! no crepúsculo
Ave da noite me acompanha a lira...
É um canto de amor... Meu Deus! que sonhos!
Era ainda ilusão — era mentira!

TARDE DE OUTONO

Un souvenir heureux est peut-être sur terre
Plus vrai que le bonheur.
Alf. de Musset

O Poeta

Oh! musa, por que vieste,
E contigo me trouxeste
A vagar na solidão?
Tu não sabes que a lembrança
De meus anos de esperança
Aqui fala ao coração?

A Saudade

De um puro amor a lânguida saudade
É doce como a lágrima perdida
Que banha no cismar um rosto virgem.
Volta o rosto ao passado, e chora a vida.

O Poeta

Não sabes o quanto dói
Uma lembrança que rói
A fibra que adormeceu?...
Foi neste vale que amei,
Que a primavera sonhei,
Aqui minha alma viveu.

A Saudade

Pálidos sonhos do passado morto
É doce reviver mesmo chorando.
A alma refaz-se pura. Um vento aéreo
Parece que de amor nos vai roubando.

O Poeta

Eu vejo ainda a janela
Onde à tarde junto dela
Eu lia versos de amor...
Como eu vivia d'enleio
No bater daquele seio,
Naquele aroma de flor!

Creio vê-la inda formosa,
Nos cabelos uma rosa,
De leve a janela abrir...
Tão bela, meu Deus, tão bela!
Por que amei tanto, donzela,
Se devias me trair?

A Saudade

A casa está deserta. A parasita
Das paredes estala a negra cor.
Os aposentos o ervaçal povoa.
A porta é franca... Entremos, trovador!

O Poeta

Derramai-vos, prantos meus!
Dai-me prantos, ó meu Deus!
Eu quero chorar aqui!
Em que sonhos de ebriedade
No arrebol da mocidade
Eu nesta sombra dormi!

Passado, por que murchaste?
Ventura, por que passaste
Degenerando em saudade?
Do estio secou-se a fonte,
Só ficou na minha fronte
A febre da mocidade.

A Saudade

Sonha, poeta, sonha! Ali sentado
No tosco assento da janela antiga,
Apóia sobre a mão a face pálida,
Sorrindo — dos amores à cantiga.

O Poeta

Minha alma triste se enluta,
Quando a voz interna escuta
Que blasfema da esperança.
Aqui tudo se perdeu,
Minha pureza morreu
Com o enlevo de criança!

Ali, amante ditoso,
Delirante, suspiroso,
Eflúvios dela sorvi.
No seu colo eu me deitava...
E ela tão doce cantava!
De amor e canto vivi!

Na sombra deste arvoredo
Oh! quantas vezes a medo
Nossos lábios se tocaram!
E os seios onde gemia
Uma voz que *amor* dizia,
Desmaiando me apertaram!

Foi doce nos braços teus,
Meu anjo belo de Deus,
Um instante do viver!
Tão doce, que em mim sentia
Que minh'alma se esvaía
E eu pensava ali morrer!

A Saudade

É berço de mistério e d'harmonia
Seio mimoso de adorada amante.
A alma bebe nos sons que amor suspira
A voz, a doce voz de uma alma errante.

Tingem-se os olhos de amorosa sombra,
Os lábios convulsivos estremecem,
E a vida foge ao peito... apenas tinge
As faces que de amor empalidecem.

Parece então que o agitar do gozo
Nossos lábios atrai a um bem divino:
Da amante o beijo é puro como as flores
E a voz dela é um hino.

Dizei-o vós, dizei, ternos amantes,
Almas ardentes que a paixão palpita,
Dizei essa emoção que o peito gela
E os frios nervos num espasmo agita.

Vinte anos! como tens doirados sonhos!
E como a névoa de falaz ventura
Que se estende nos olhos do poeta
Doira a amante de nova formosura!

O Poeta

Que gemer! não me enganava!
Era o anjo que velava
Minha casta solidão?
São minhas noites gozadas,
As venturas tão choradas
Que vibram meu coração?

É tarde, amores, é tarde;
Uma centelha não arde
Na cinza dos seios meus...
Por ela tanto chorei,
Que mancebo morrerei...
Adeus, amores, adeus!
....
....

CANTIGA

I

Em um castelo doirado
Dorme encantada donzela;
Nasceu — e vive dormindo
— Dorme tudo junto dela.

Adormeceu-a sonhando
Um feiticeiro condão,
E dormem no seio dela
As rosas do coração.

Dorme a lâmpada argentina
Defronte do leito seu:
Noite a noite a lua triste
Dorme pálida no céu.

Voam os sonhos errantes
Do leito sob o dossel,
E suspiram no alaúde
As notas do menestrel.

E no castelo, sozinha,
Dorme encantada donzela:
Nasceu — e vive dormindo
— Dorme tudo junto dela.

Dormem cheirosas abrindo
As roseiras em botão,
E dormem no seio dela
As rosas do coração!

II

A donzela adormecida
É a tua alma santinha,
Que não sonha nas saudades
E nos amores da minha

— Nos meus amores que velam
Debaixo do teu dossel,
E suspiram no alaúde
As notas do menestrel!

Acorda, minha donzela!
Foi-se a lua — eis a manhã
E nos céus da primavera
A aurora é tua irmã!

Abriram no vale as flores
Sorrindo na fresquidão:
Entre as rosas da campina
Abram-se as do coração.

Acorda, minha donzela,
Soltemos da infância o véu...
Se nós morrermos, num beijo,
Acordaremos no céu!

SAUDADES

'T is vain to struggle — let me perish young![18]
Byron

Foi por ti que num sonho de ventura
A flor da mocidade consumi,
E às primaveras digo adeus tão cedo
E na idade do amor envelheci!

Vinte anos! derramei-os gota a gota
Num abismo de dor e esquecimento...
De fogosas visões nutri meu peito...
Vinte anos!... não vivi um só momento!

Contudo no passado uma esperança
Tanto amor e ventura prometia,
E uma virgem tão doce, tão divina
Nos sonhos junto a mim adormecia!...
....

Quando eu lia com ela — e no romance
Suspirava melhor ardente nota,
E Jocelyn sonhava com Laurence
Ou Werther se morria por Carlota,

Eu sentia a tremer, a transluzir-lhe
Nos olhos negros a alma inocentinha,
E uma furtiva lágrima rolando
Da face dela umedecer a minha!

E quantas vezes o luar tardio
Não viu nossos amores inocentes?
Não embalou-se da morena virgem
No suspirar, nos cânticos ardentes?

[18] 'T IS VAIN ... YOUNG! É inútil lutar — Deixem-me morrer moço!

E quantas vezes não dormi sonhando
Eterno amor, eternas as venturas,
E que o céu ia abrir-se, e entre os anjos
Eu ia me acordar em noites puras?

Foi esse o amor primeiro — requeimou-me
As artérias febris de juventude,
Acordou-me dos sonhos da existência
Na harmonia primeira do alaúde!

....

Meu Deus! e quantas eu amei!... Contudo
Das noites voluptuosas da existência
Só restam-me saudades dessas horas
Que iluminou tua alma d'inocência!

Foram três noites só... três noites belas
De lua e de verão, no val saudoso...
Que eu pensava existir... sentindo o peito
Sobre teu coração morrer de gozo!

E por três noites padeci três anos,
Na vida cheia de saudade infinda...
Três anos de esperança e de martírio...
Três anos de sofrer — e espero ainda!

A ti se ergueram meus doridos versos,
Reflexos sem calor de um sol intenso:
Votei-os à imagem dos amores
P'ra velá-la nos sonhos como incenso!

Eu sonhei tanto amor, tantas venturas,
Tantas noites de febre e d'esperança!
Mas hoje o coração desbota, esfria,
E do peito no túmulo descansa!

Pálida sombra dos amores santos,
Passa, quando eu morrer, no meu jazigo:
Ajoelha-te ao luar e canta um pouco,
E lá na morte eu sonharei contigo!

12 de setembro, 1851

ESPERANÇAS

Oh! si elle m'eût aimé![19]
Alf. de Vigny, *Chatterton*

Se a ilusão de minh'alma foi mentida,
E, leviana, da árvore da vida
As flores desbotei;
Se por sonhos do amor de uma donzela
Imolei meu porvir, e o ser por ela
Em prantos esgotei;

Se a alma consumi na dor que mata,
E banhei de uma lágrima insensata
A última esperança,
Oh! não me odeies, não! eu te amo ainda,
Como dos mares pela noite infinda
A estrela da bonança!

Como nas folhas do Missal do templo,
Os mistérios de Deus em ti contemplo
E na tu'alma os sinto!
Às vezes, delirante, se eu maldigo
As esperanças que sonhei contigo,
Perdoa-me, que minto!

Oh! não me odeies, não! eu te amo ainda,
Como do peito a aspiração infinda
Que me influi o viver,
E como a nuvem de azulado incenso;
Como eu amo esse afeto único, imenso
Que me fará morrer!

[19] OH! SI ELLE M'EÛT AIMÉ! Ah! Se ela me tivesse amado!

Rompeste a alva túnica luzente
Que eu doirava por ti de amor demente
E aromei de abusões...
Deste-me em troco lágrimas acérrimas...
Ah! que morreram a sangrar misérrimas
As minhas ilusões!

Nos encantos das fadas da ventura
Podes dormir ao sol da formosura
Sempre bela e feliz;
Irmã dos anjos, sonharei contigo:
A alma a quem negaste o último abrigo
Chora... não te maldiz!

Chora — e sonha — e espera: a negra sina
Talvez no céu se apague em purpurina
Alvorada de amor...
E eu acorde no céu num teu abraço:
E repouse tremendo em teu regaço
Teu pobre sonhador!

VIRGEM MORTA

Oh! make her a grave where the sun beams rest,
When they promise a glorious morrow!
They'll shine o'er sleep, like a smile from the West,
From her own lov'd island of sorrow.[20]
Th. Moore

Lá bem na extrema da floresta virgem,
Onde na praia em flor o mar suspira,
E, quando geme a brisa do crepúsculo,
Mais poesia do arrebol transpira;

Nas horas em que a tarde moribunda
As nuvens roxas desmaiando corta,
No leito mole da molhada areia
Manso repousem a beleza morta.

Irmã chorosa a suspirar desfolhe
No seu dormir da laranjeira as flores,
Vistam-na de cetim, e o véu de noiva
Lhe desdobrem da face nos palores.

Vagueie em torno, de saudosas virgens,
Errando à noite, a lamentosa turma;
Nos cânticos de amor e de saudade
Junto às ondas do mar a virgem durma.

À brisa da saudade suspirando
Aí na tarde misteriosa e bela,
Entregarei as cordas do alaúde
E irei meus sonhos prantear por ela!

Quero eu mesmo de rosa o leito encher-lhe
E de amorosos prantos perfumá-la,
E a essência dos cânticos divinos,
No túmulo da virgem, derramá-la.

[20] OH! MAKE ... SORROW. Que em sua lápide luzes do sol repousem/ Até o ressurgir, esplendorosa aurora!/ Sorriso poente, sobre seu sono brilhem/ Raios daquela ilha triste que ela adora.

Que importa que ela durma descorada,
E velasse o palor a cor do pejo?
Quero a delícia que o amor sonhava,
Nos lábios dela pressentir num beijo.

Desbotada coroa do poeta,
Foi ela mesma quem prendeu-te flores...
Ungiu-as no sacrário de seu peito
Inda virgem do alento dos amores...

Na minha fronte riu de ti passando
Dos sepulcros o vento peregrino...
Irei eu mesmo desfolhar-te agora
Da fronte dela no palor divino!...

E contudo eu sonhava! e pressuroso
Da esperança o licor sorvi sedento!
Ah! que tudo passou! só tenho agora
O sorriso de um anjo macilento!
....

Ó minha amante, minha doce virgem,
Eu não te profanei, e dormes pura:
No sono do mistério, qual na vida,
Podes sonhar apenas na ventura.

Bem cedo ao menos eu serei contigo
— Na dor do coração a morte leio...
Poderei amanhã, talvez, meus lábios
Da irmã dos anjos encostar no seio...

E tu, vida que amei! pelos teus vales
Com ela sonharei eternamente,
Nas noites junto ao mar, e no silêncio,
Que das notas enchi da lira ardente!...

Dorme ali minha paz, minha esperança,
Minha sina de amor morreu com ela,
E o gênio do poeta, lira eólia
Que tremia ao alento da donzela!

Qu'esperanças, meu Deus! E o mundo agora
Se inunda em tanto sol no céu da tarde!
Acorda, coração!... Mas no meu peito
Lábio de morte murmurou — É tarde!

É tarde! e quando o peito estremecia
Sentir-me abandonado e moribundo!
É tarde! é tarde! ó ilusões da vida,
Morreu com ela da esperança o mundo!...

No leito virginal de minha noiva
Quero, nas sombras do verão da vida,
Prantear os meus únicos amores,
Das minhas noites a visão perdida!

Quero ali, ao luar, sentir passando
Por alta noite a viração marinha,
E ouvir, bem junto às flores do sepulcro,
Os sonhos de sua alma inocentinha.

E quando a mágoa devorar meu peito,
E quando eu morra de esperar por ela,
Deixai que eu durma ali e que descanse,
Na morte ao menos, junto ao seio dela!

HINOS DO PROFETA

UM CANTO DO SÉCULO

Spiritus meus attenuabitur, dies mei breviabuntur, et solum mihi superest sepulchrum...[21]

Jó

Debalde nos meus sonhos de ventura
Tento alentar minha esperança morta
E volto-me ao porvir;
A minha alma só canta a sepultura,
E nem última ilusão beija e conforta
Meu suarento dormir...

Debalde! que exauriu-se o desalento:
A flor que aos lábios meus um anjo dera
Mirrou na solidão...
Do meu inverno pelo céu nevoento
Não se levantará nem primavera
Nem raio de verão!

Invejo as flores que murchando morrem,
E as aves que desmaiam-se cantando
E expiram sem sofrer...
As minhas veias inda ardentes correm,
E na febre da vida agonizando
Eu me sinto morrer!

Tenho febre — meu cérebro transborda...
Eu morrerei mancebo, inda sonhando
Da esperança o fulgor!
Oh! cantemos ainda! a última corda
Inda palpita... morrerei cantando
O meu hino de amor!

[21]SPIRITUS ... SEPULCHRUM... Esvai-se o meu espírito, meus dias se extinguem, só me resta a sepultura...

Meu sonho foi a glória dos valentes,
De um nome de guerreiro a eternidade
        Nos hinos seculares:
Foi nas praças, de sangue ainda quentes,
Desdobrar o pendão da liberdade
        Nas frontes populares!

Meu amor foi a verde laranjeira
Cheia de sombra, à noite abrindo as flores
        Melhor que ao meio-dia;
A várzea longa — a lua forasteira
Que pálida como eu, sonhando amores,
        De névoa se cobria.

Meu amor foi o sol que madrugava,
O canto matinal dos passarinhos
        E a rosa predileta...
Fui um louco, meu Deus! quando tentava
Descorado e febril manchar nos vinhos
        Meus louros de poeta!

Meu amor foi o sonho dos poetas
— O belo — o gênio — de um porvir liberto
        A sagrada utopia.
E à noite pranteei como os profetas,
Dei lágrimas de sangue no deserto
        Dos povos à agonia!

Meu amor!... foi a mãe que me alentava,
Que viveu e esperou por minha vida
        E pranteia por mim...
E a sombra solitária que eu sonhava
Lânguida como vibração perdida
        De roto bandolim...

E agora o único amor... o amor eterno
Que no fundo do peito aqui murmura
E acende os sonhos meus,
Que lança algum luar no meu inverno,
Que minha vida no penar apura,
É o amor de meu Deus!

É só no eflúvio desse amor imenso
Que a alma derrama as emoções cativas
Em suspiros sem dor:
E no vapor do consagrado incenso
Que as sombras da esperança redivivas
Nos beijam o palor!

Eu vaguei pela vida sem conforto,
Esperei minha amante noite e dia
E o ideal não veio...
Farto de vida, breve serei morto...
Não poderei ao menos na agonia
Descansar-lhe no seio!

Passei como Don Juan entre as donzelas,
Suspirei as canções mais doloridas
E ninguém me escutou...
Oh! nunca à virgem flor das faces belas
Sorvi o mel, nas longas despedidas...
Meu Deus! ninguém me amou!

Vivi na solidão — odeio o mundo,
E no orgulho embucei meu rosto pálido
Como um astro nublado...
Ri-me da vida — lupanar imundo
Onde se volve o libertino esquálido
Na treva... profanado!

Quantos hei visto desbotarem frios,
Manchados de embriaguez da orgia em meio
Nas infâmias do vício!
E quantos morrerão inda sombrios
Sem remorso dos negros devaneios...
Sentindo o precipício!

Quanta alma pura, e virgem menestrel
Que adormeceu no tremedal sem fundo,
No lodo se manchou!
Que liras estaladas no bordel!
E que poetas que perdeu o mundo
Em Bocage e Marlowe!

Morrer! ali na sombra — na taverna
A alma que em si continha um canto aéreo
No peito solitário!
Sublime como a nota obscura, eterna,
Que o bronze vibra em noites de mistério
No escuro campanário!

Ó meus amigos, deve ser terrível
Sobre as tábuas imundas, inda ebrioso,
Na solidão morrer!
Sentir as sombras dessa noite horrível
Surgirem dentre o leito pavoroso...
Sem um Deus para crer!

Sentir que a alma, desbotado lírio,
Dum mundo ignoto vagará chorando
Na treva mais escura...
E o cadáver sem lágrima, sem círio,
Na calçada da rua, desbotando,
Não terá sepultura!

Perdoa-lhes, meu Deus! o sol da vida
Nas artérias inflama o sangue em lava
E o cérebro varia...
O século na vaga enfurecida
Mergulha a geração que se acordava...
E nuta de agonia!

São tristes deste século os destinos!
Seiva mortal as flores que despontam
Infecta em seu abrir —
E o cadafalso e a voz dos Girondinos
Não falam mais na glória e não apontam
A aurora do porvir!

Fora belo talvez, em pé, de novo
Como Byron surgir — ou na tormenta
O homem de Waterloo:
Com sua idéia iluminar um povo,
Como o trovão da nuvem que rebenta
E o raio derramou!

Fora belo talvez sentir no crânio
A alma de Goethe, e resumir na fibra
Milton, Homero e Dante
— Sonhar-se num delírio momentâneo
A alma da criação e o som que vibra
A terra palpitante!

Mas ah! o viajor nos cemitérios
Nessas nuas caveiras não escuta
Vossas almas errantes...
Do estandarte medonho nos impérios
A morte, leviana prostituta,
Não distingue os amantes!

Eu, pobre sonhador — eu, terra inculta
Onde não fecundou-se uma semente,
Convosco dormirei:
E dentre nós a multidão estulta
Não vos distinguirá a fronte ardente
Do crânio que animei...

Ó morte! a que mistério me destinas?
Esse átomo de luz que inda me alenta,
Quando o corpo morrer,
Voltará amanhã aziagas sinas
Na terra numa face macilenta
Esperar e sofrer?

Meu Deus! antes, meu Deus! que uma outra vida,
Com teu braço eternal meu ser esmaga
E minha alma aniquila:
A estrela de verão no céu perdida
Também às vezes teu alento apaga
Numa noite tranqüila!...

LÁGRIMAS DE SANGUE

Taedet animam meam vitae meae.[22]
Jó

Ao pé das aras no clarão dos círios
Eu te devera consagrar meus dias;
Perdão, meu Deus! perdão
Se neguei meu Senhor nos meus delírios
E um canto de enganosas melodias
Levou meu coração!

Só tu, só tu podias o meu peito
Fartar de imenso amor e luz infinda
E uma saudade calma;
Ao sol de tua fé doirar meu leito
E de fulgores inundar ainda
A aurora na minh'alma.

Pela treva do espírito lancei-me,
Das esperanças suicidei-me rindo...
Sufoquei-as sem dó.
No vale dos cadáveres sentei-me
E minhas flores semeei sorrindo
Dos túmulos no pó.

Indolente Vestal, deixei no templo
A pira se apagar — na noite escura
O meu gênio descreu.
Voltei-me para a vida... só contemplo
A cinza da ilusão que ali murmura:
Morre! — tudo morreu!

[22] TAEDET ... MEAE. Estou cansado de viver.

Cinzas, cinzas... Meu Deus! só tu podias
À alma que se perdeu bradar de novo:
Ressurge-te ao amor!
Macilento, das minhas agonias
Eu deixaria as multidões do povo
Para amar o Senhor!

Do leito aonde o vício acalentou-me
O meu primeiro amor fugiu chorando...
Pobre virgem de Deus!
Um vendaval sem norte arrebatou-me,
Acordei-me na treva... profanando
Os puros sonhos meus!

Oh! se eu pudesse amar!... — É impossível! —
Mão fatal escreveu na minha vida;
A dor me envelheceu.
O desespero pálido, impassível
Agoirou minha aurora entristecida,
De meu astro descreu.

Oh! se eu pudesse amar! Mas não: agora
Que a dor emurcheceu meus breves dias,
Quero na cruz sanguenta
Derramá-los na lágrima que implora,
Que mendiga perdão pela agonia
Da noite lutulenta!

Quero na solidão — nas ermas grutas
A tua sombra procurar chorando
Com meu olhar incerto:
As pálpebras doridas nunca enxutas
Queimarei... teus fantasmas invocando
No vento do deserto.

De meus dias a lâmpada se apaga:
Roeram meu viver mortais venenos;
Curvo-me ao vento forte.
Teu fúnebre clarão que a noite alaga,
Como a estrela oriental me guie ao menos
Té o vale da morte!

No mar dos vivos o cadáver bóia
— A lua é descorada como um crânio,
Este sol não reluz:
Quando na morte a pálpebra se engóia,
O anjo se acorda em nós — e subitâneo
Voa ao mundo da luz!

Do val de Josafá pelas gargantas
Uiva na treva o temporal sem norte
E os fantasmas murmuram...
Irei deitar-me nessas trevas santas,
Banhar-me na friez lustral da morte
Onde as almas se apuram!

Mordendo as clinas do corcel da sombra,
Sufocado, arquejante passarei
Na noite do infinito.
Ouvirei essa voz que a treva assombra,
Dos lábios de minh'alma entornarei
O meu cântico aflito!

Flores cheias de aroma e de alegria,
Por que na primavera abrir cheirosas
E orvalhar-vos abrindo?
As torrentes da morte vêm sombrias,
Hão de amanhã nas águas tenebrosas
Vos rebentar bramindo.

Morrer! morrer! É voz das sepulturas!
Como a lua nas salas festivais
A morte em nós se estampa!
E os pobres sonhadores de venturas
Roxeiam amanhã nos funerais
E vão rolar na campa!

Que vale a glória, a saudação que enleva
'Dos hinos triunfais na ardente nota,
E as turbas devaneia?
Tudo isso é vão, e cala-se na treva
— Tudo é vão, como em lábios de idiota
Cantiga sem idéia.

Que importa? quando a morte se descarna,
A esperança do céu flutua e brilha
Do túmulo no leito:
O sepulcro é o ventre onde se encarna
Um verbo divinal que Deus perfilha
E abisma no seu peito!

Não chorem! que essa lágrima profunda
Ao cadáver sem luz não dá conforto...
Não o acorda um momento!
Quando a treva medonha o peito inunda,
Derrama-se nas pálpebras do morto
Luar de esquecimento!

Caminha no deserto a caravana,
Numa noite sem lua arqueja e chora...
O termo... é um sigilo!
O meu peito cansou da vida insana;
Da cruz à sombra, junto aos meus, agora
Eu dormirei tranqüilo!

Dorme ali muito amor... muitas amantes,
Donzelas puras que eu sonhei chorando
E vi adormecer.
Ouço da terra cânticos errantes,
E as almas saudosas suspirando,
Que falam em morrer...

Aqui dormem sagradas esperanças,
Almas sublimes que o amor erguia...
E gelaram tão cedo!
Meu pobre sonhador! aí descansas,
Coração que a existência consumia
E roeu em segredo!...

Quando o trovão romper as sepulturas,
Os crânios confundidos acordando
No lodo tremerão.
No lodo pelas tênebras impuras
Os ossos estalados tiritando
Dos vales surgirão!

Como rugindo a chama encarcerada
Dos negros flancos do volcão rebenta
Golfejando nos céus,
Entre nuvem ardente e trovejada
Minh'alma se erguerá, fria, sangrenta,
Ao trono de meu Deus...

Perdoa, meu Senhor! O errante crente
Nos desesperos em que a mente abrasas
Não o arrojes p'lo crime!
Se eu fui um anjo que descreu demente
E no oceano do mal rompeu as asas,
Perdão! arrependi-me!

A TEMPESTADE

(*Fragmento*)

Profeta escarnecido pelas turbas
Disse-lhes, rindo, adeus!
Vim adorar na serrania escura
A sombra de meu Deus!

O céu enegreceu — lá no ocidente
Rubro o sol se apagou
E galopa o corcel da tempestade
Nas nuvens que rasgou!

Da gruta negra a catarata rola,
Alaga a serra bronca,
Esbarra pelo abismo, escuma uivando
E pelas trevas ronca.

O chão nu e escalvado p'las torrentes
Trêmulo se fendeu —
Da serrania a lomba escaveirada
O raio enegreceu.

Cede a floresta ao arquejar fremente
Do rijo temporal,
Ribomba e rola o raio — nos abismos
Sibila o vendaval.

Nas trevas o relâmpago fascina,
A selva se incendeia;
Chuva de fogo pelas serras hirtas
Fantástica serpeia...

Amo a voz da tempestade,
Porque agita o coração,
E o espírito inflamado
Abre as asas no trovão!

A minh'alma se devora
Na vida morta e tranqüila...
Quero sentir emoções,
Ver o raio que vacila!

Enquanto as raças medrosas
Banham de prantos o chão,
Eu quero erguer-me na treva,
Saudar glorioso o trovão!

Jeová! derrama em chuva
Os teus raios incendidos,
Tua voz na tempestade
Reboa nos meus ouvidos!

É quando as nuvens ribombam
E a selva medonha está,
Que no relâmpago surge
A face de Jeová!

A tuba da tempestade
Rouqueja nos longos céus,
De joelhos na montanha
Espero agora meu Deus!

O caminho rasgou-se. — Mil torrentes
Rebentam bravejando,
Rodam na espuma as rochas gigantescas
Pelo abismo tombando.

Como em noite do caos, os elementos
Incandescentes lutam.
— Negra a terra — o céu rubro — o mar vozeia
E as florestas escutam...

Tudo se escureceu — e pela treva
No chão sem sepultura
Os mortos se revolvem tiritando
À longa noite escura.
....

Profeta escarnecido pelas turbas
Disse-lhes rindo, adeus!
Vim fitar ao clarão da tempestade
A sombra de meu Deus!

LEMBRANÇA DE MORRER

No more! o never more![23]
Shelley

Quando em meu peito rebentar-se a fibra
Que o espírito enlaça à dor vivente,
Não derramem por mim nem uma lágrima
Em pálpebra demente.

E nem desfolhem na matéria impura
A flor do vale que adormece ao vento:
Não quero que uma nota de alegria
Se cale por meu triste passamento.

Eu deixo a vida como deixa o tédio
Do deserto, o poento caminheiro
— Como as horas de um longo pesadelo
Que se desfaz ao dobre de um sineiro;

Como o desterro de minh'alma errante,
Onde fogo insensato a consumia:
Só levo uma saudade — é desses tempos
Que amorosa ilusão embelecia.

Só levo uma saudade — é dessas sombras
Que eu sentia velar nas noites minhas...
De ti, ó minha mãe, pobre coitada
Que por minha tristeza te definhas!

De meu pai... de meus únicos amigos,
Poucos — bem poucos — e que não zombavam
Quando, em noite de febre endoudecido,
Minhas pálidas crenças duvidavam.

[23]NO MORE! O NEVER MORE! Não mais! Oh! Nunca mais!

Se uma lágrima as pálpebras me inunda,
Se um suspiro nos seios treme ainda
É pela virgem que sonhei... que nunca
Aos lábios me encostou a face linda!

Só tu à mocidade sonhadora
Do pálido poeta deste flores...
Se viveu, foi por ti! e de esperança
De na vida gozar de teus amores.

Beijarei a verdade santa e nua,
Verei cristalizar-se o sonho amigo...
Ó minha virgem dos errantes sonhos,
Filha do céu, eu vou amar contigo!

Descansem o meu leito solitário
Na floresta dos homens esquecida,
À sombra de uma cruz, e escrevam nela:
— Foi poeta — sonhou — e amou na vida. —

Sombras do vale, noites da montanha
Que minh'alma cantou e amava tanto,
Protegei o meu corpo abandonado,
E no silêncio derramai-lhe canto!

Mas quando preludia ave d'aurora
E quando à meia-noite o céu repousa,
Arvoredos do bosque, abri os ramos...
Deixai a lua prantear-me a lousa!

SEGUNDA PARTE

PREFÁCIO

Cuidado, leitor, ao voltar esta página!

Aqui dissipa-se o mundo visionário e platônico. Vamos entrar num mundo novo, terra fantástica, verdadeira ilha Baratária de D. Quixote, onde Sancho é rei, e vivem Panúrgio, sir John Falstaff, Bardolph, Fígaro e o Sganarello de D. João Tenório: — a pátria dos sonhos de Cervantes e Shakespeare.

Quase que depois de Ariel esbarramos em Caliban.

A razão é simples. É que a unidade deste livro funda-se numa binomia. Duas almas que moram nas cavernas de um cérebro pouco mais ou menos de poeta escreveram este livro, verdadeira medalha de duas faces.

Demais, perdoem-me os poetas do tempo, isto aqui é um tema, senão mais novo, menos esgotado ao menos que o sentimentalismo tão *fashionable* desde Werther e Réné.

Por um espírito de contradição, quando os homens se vêem inundados de páginas amorosas, preferem um conto de Boccáccio, uma caricatura de Rabelais, uma cena de Falstaff no *Henrique IV* de Shakespeare, um provérbio fantástico daquele *polisson* Alfredo de Musset, a todas as ternuras elegíacas dessa poesia de arremedo que anda na moda, e reduz as moedas de oiro sem liga dos grandes poetas ao troco de cobre, divisível até ao extremo, dos liliputianos poetastros. Antes da Quaresma há o Carnaval.

Há uma crise nos séculos como nos homens. É quando a poesia cegou deslumbrada de fitar-se no misticismo, e caiu do céu sentindo exaustas as suas asas de oiro.

O poeta acorda na terra. Demais, o poeta é homem, *Homo sum*, como dizia o célebre Romano. Vê, ouve, sente e, o que é mais, sonha de noite as belas visões palpáveis de acordado. Tem nervos, tem fibra e tem artérias — isto é, antes e depois de ser um ente idealista, é um ente que tem corpo. E, digam o que quiserem, sem esses elementos, que sou o primeiro a reconhecer muito prosaicos, não há poesia.

O que acontece? Na exaustão causada pelo sentimentalismo, a alma ainda trêmula e ressoante da febre do sangue, a alma que ama e canta porque sua vida é amor e canto, o que pode senão fazer o poema dos amores da vida real? Poema talvez novo, mas que encerra em si muita verdade e muita natureza, e que sem ser obsceno pode ser erótico sem ser monótono. Digam e creiam o que quiserem. Todo o vaporoso da visão abstrata não interessa tanto como a realidade formosa da bela mulher a quem amamos.

O poema então começa pelos últimos crepúsculos do misticismo brilhando sobre a vida como a tarde sobre a terra. A poesia puríssima banha com seu reflexo ideal a beleza sensível e nua.

Depois a doença da vida, que não dá ao mundo objetivo cores tão azuladas como o nome britânico de *blue devils*, descarna e injeta de fel cada vez mais o coração. Nos mesmos lábios onde suspirava a monodia amorosa, vem a sátira que morde.

É assim. Depois dos poemas épicos Homero escreveu o poema irônico. Goethe depois de *Werther* criou o *Faust*. Depois de *Parisina* e o *Giaour* de Byron vem o *Cain* e *Don Juan* — *Don Juan* que começa como *Cain* pelo amor, e acaba como ele pela descrença venenosa e sarcástica.

Agora basta.

Ficarás tão adiantado agora, meu leitor, como se não lesses essas páginas, destinadas a não ser lidas. Deus me perdoe! assim é tudo! até os prefácios!

UM CADÁVER DE POETA

Levem ao túmulo aquele que parece um cadáver! Tu não pesaste sobre a terra: a terra te seja leve!

L. Uhland

I

De tanta inspiração e tanta vida
Que os nervos convulsivos inflamava
E ardia sem conforto...
O que resta? uma sombra esvaecida,
Um triste que sem mãe agonizava...
Resta um poeta morto!

Morrer! e resvalar na sepultura,
Frias na fronte as ilusões — no peito
Quebrado o coração!
Nem saudades levar da vida impura
Onde arquejou de fome... sem um leito!
Em treva e solidão!

Tu foste como o sol; tu parecias
Ter na aurora da vida a eternidade
Na larga fronte escrita...
Porém não voltarás como surgias!
Apagou-se teu sol da mocidade
Numa treva maldita!

Tua estrela mentiu. E do fadário
De tua vida a página primeira
Na tumba se rasgou...
Pobre gênio de Deus, nem um sudário!
Nem túmulo nem cruz! como a caveira
Que um lobo devorou!...

II

Morreu um trovador — morreu de fome.
Acharam-no deitado no caminho:
Tão doce era o semblante! Sobre os lábios
Flutuava-lhe um riso esperançoso.
E o morto parecia adormecido.

Ninguém ao peito recostou-lhe a fronte
Nas horas da agonia! Nem um beijo
Em boca de mulher! nem mão amiga
Fechou ao trovador os tristes olhos!
Ninguém chorou por ele... No seu peito
Não havia colar nem bolsa d'oiro;
Tinha até seu punhal um férreo punho...
Pobretão! não valia a sepultura!

Todos o viam e passavam todos.
Contudo era bem morto desde a aurora.
Ninguém lançou-lhe junto ao corpo imóvel
Um ceitil para a cova!... nem sudário!

O mundo tem razão, sisudo pensa,
E a turba tem um cérebro sublime!
De que vale um poeta — um pobre louco
Que leva os dias a sonhar — insano
Amante de utopias e virtudes
E, num tempo sem Deus, ainda crente?

A poesia é de certo uma loucura;
Sêneca o disse, um homem de renome.
É um defeito no cérebro... Que doidos!
É um grande favor, é muita esmola
Dizer-lhes *bravo!* à inspiração divina,
E, quando tremem de miséria e fome,
Dar-lhes um leito no hospital dos loucos...
Quando é gelada a fronte sonhadora,
Por que há de o vivo que despreza rimas
Cansar os braços arrastando um morto,
Ou pagar os salários do coveiro?
A bolsa esvaziar por um misérrimo,
Quando a emprega melhor em lodo e vício!

E que venham aí falar-me em Tasso!
Culpar Afonso d'Est — um soberano! —
Por não lhe dar a mão da irmã fidalga!
Um poeta é um poeta — apenas isso:
Procure para amar as poetisas!
Se na França a princesa Margarida,
De Francisco primeiro irmã formosa,
Ao poeta Alain Chartier adormecido
Deu nos lábios um beijo, é que esta moça,
Apesar de princesa, era uma douda,
E a prova é que também rondós fazia.
Se Riccio o trovador obteve amores
— Novela até bastante duvidosa —
Dessa Maria Stuart formosíssima,
É que ela — sabe-o Deus! — fez tanta asneira,
Que não admira que a um poeta amasse!

Por isso adoro o libertino Horácio.
Namorou algum dia uma parenta
Do patrono Mecenas? Parasita,
Só pedia dinheiro — no triclínio
Bebia vinho bom — e não vivia
Fazendo versos às irmãs de Augusto.

E quem era Camões? Por ter perdido
Um olho na batalha e ser valente,
Às esmolas valeu. Mas quanto ao resto,
Por fazer umas trovas de vadio,
Deveriam lhe dar, além de glória,
— E essa deram-lhe à farta — algum bispado,
Alguma dessas gordas sinecuras
Que se davam a idiotas fidalguias?

Deixem-se de visões, queimem-se os versos.
O mundo não avança por cantigas.
Creiam do poviléu os trovadores
Que um poeta não val meia princesa.
Um poema contudo, bem escrito,
Bem limado e bem cheio de tetéias,
Nas horas do café lido fumando,
Ou no campo, na sombra do arvoredo,
Quando se quer dormir e não há sono,
Tem o mesmo valor que a dormideira.

Mas não passe dali do vate a mente.
Tudo o mais são orgulhos, são loucuras!
Faublas tem mais leitores do que Homero...
Um poeta no mundo tem apenas
O valor de um canário de gaiola...
É prazer de um momento, é mero luxo.
Contente-se em traçar nas folhas brancas
De um *Álbum* da moda umas quadrinhas.
Nem faça apelações para o futuro.
O homem é sempre o homem. Tem juízo:
Desde que o mundo é mundo assim cogita.

Nem há negá-lo — não há doce lira
Nem sangue de poeta ou alma virgem
Que valha o talismã que no oiro vibra!
Nem músicas nem santas harmonias
Igualam o condão, esse eletrismo,
A ardente vibração do som metálico...

Meu Deus! e assim fizeste a criatura?
Amassaste no lodo o peito humano?
Ó poetas, silêncio! é este o homem?
A feitura de Deus! a imagem dele!
O rei da criação!...
                    Que verme infame!
Não Deus, porém Satã no peito vácuo
Uma corda prendeu-te — o egoísmo!
Oh! miséria, meu Deus! e que miséria!

III

Passou El-Rei ali com seus fidalgos.
Iam a degolar uns insolentes
Que ousaram murmurar da infâmia régia,
Das nódoas de uma vida libertina!
Iam em grande gala. O Rei cismava
Na glória de espetar no pelourinho
A cabeça de um pobre degolado.
Era um rei *bon-vivant*, e rei devoto;
E, como Luís XI, ao lado tinha
O bobo, o capelão... e seu carrasco.

O cavalo do Rei, sentindo o morto,
Trêmulo de terror parou nitrindo.
Deu d'esporas leviano o cavaleiro
E disse ao capelão:

                    "E não enterram
Esse homem que apodrece, e no caminho
Assusta-me o corcel?"
                    Depois voltou-se
E disse ao camarista de semana:
"Conheces o defunto? Era inda moço.
Faria certamente um bom soldado.
A figura é esbelta! Forte pena!
Podia bem servir para um lacaio".

Descoberto, o faceiro fidalgote
Responde-lhe fazendo a cortesia:
"Pelas tripas do Papa! eu não me engano,
Leve-me Satanás se este defunto
Ontem não era o trovador Tancredo!"

"Tancredo!" murmurou erguendo os óculos
Um anfíbio, um barbaças truanesco,
Alma de Triboulet, que além de bobo
Era o vate da corte — bem nutrido,
Farto de sangue, mas de veia pobre,
Caídos beiços, volumoso abdómen,
Grisalha cabeleira esparramada,
Tremendo narigão, mas testa curta;
Em suma um glosador de sobremesas.

"Tancredo! — repetiu imaginando —
Um asno! só cantava para o povo!
Uma língua de fel, um insolente!
Orgulho desmedido... e quanto aos versos
Morava como um sapo n'água doce...
Não sabia fazer um trocadilho..."

O rei passou — com ele a companhia.
Só ficou ressupino e macilento
Da estrada em meio o trovador defunto.

IV

Ia caindo o sol. Bem reclinado
No vagaroso coche madornando,
Depois de bem jantar fazendo a sesta,
Roncava um nédio, um barrigudo frade:
Bochechas e nariz, em cima uns óculos,
Vermelho solidéu... enfim um bispo,
E um bispo, senhor Deus! da idade média,
Em que os bispos — como hoje e mais ainda —
Sob o peso da cruz bem rubicundos,
Dormindo bem, e a regalar bebendo,
Sabiam engordar na sinecura;
Papudos santarrões, depois da Missa
Lançando ao povo a bênção — por dinheiro!

O cocheiro ia bêbado por certo;
Os cavalos tocou p'lo bom caminho
Mesmo em cima das pernas do cadáver.
Refugou a parelha, mas o sota
— Que ao sol da glória episcopal enchia
De orgulho e de insolência o couro inerte,
Cuspindo o poviléu, como um fidalgo —
Que em falta de miolo tinha vinho
Na cabeça devassa, deu de esporas:

Como passara sobre a vil carniça
Reléu de corvos negros — foi por cima...
Mas degraça! maldito aquele morto!
Desgraça!... não porque pisasse o coche
Aqueles magros ossos, mas a roda
Na humana resistência deu estalo...
E acorda o fradalhão...
"O que succede?
— Pergunta bocejando: — é algum bêbado?
Em que bicho pisaram?"
"Senhor bispo,"
Diz o servo da Igreja, o bom cocheiro
Ao vigário de Cristo, ao santo Apóstolo
Isto é — dessa fidalga raça nova
Que não anda de pé como S. Pedro,
Nem estafa os corcéis de S. Francisco:
"Perdoe Vossa Excelência Eminentíssima;
É um pobre diabo de poeta,
Um homem sem miolo e sem barriga
Que lembrou-se de vir morrer na estrada!"

"Abrenúncio! — rouqueja o Santo Bispo —
Leve o Diabo essa tribo de boêmios!
Não há tanto lugar onde se morra?
Maldita gente! inda persegue os Santos
Depois que o Diabo a leva!..."
E foi caminho.

Leve-te Deus! Apóstolo da crença,
Da esperança e da santa caridade!
Tu, sim, és religioso e nos altares
Vem cada sacristão, e cada monge
Agitar a teus pés o seu turíbulo!
E o sangue do Senhor no cálix d'oiro
Da turba na oração te banha os lábios...

Leve-te Deus, Apóstolo da crença!
Sem padres como tu que fora o mundo?
É por ti que o altar apóia o trono!
E teu olhar que fertiliza os vales
Fecunda a vinha santa do Messias!

Leve-te Deus... ou leve-te o Demônio!

V

Caiu a noite, do azulado manto,
Como gotas de orvalho, sacudindo
Estrelas cintilantes. — Veio a lua
Banhando de tristeza o céu noturno:
Derrama aos corações melancolia,
Derrama no ar cheiroso molemente
Cerúlea chama, dia incerto e pálido
Que ao lado da floresta ajunta as sombras
E lança pelas águas da campina
Alvacentos clarões que as flores bebem.
A galope, de volta do noivado,
Passa o Conde Solfier, e a noiva Elfrida.
Seguem fidalgos que o sarau reclama.

ELFRIDA

— Não vês, Solfier, ali da estrada em meio
Um defunto estendido? —

SOLFIER

— Ó minha Elfrida,
Voltemos desse lado: outro caminho
Se dirige ao castelo. É mau agouro
Por um morto passar em noites destas.

Mas Elfrida aproxima o seu cavalo.

ELFRIDA

— Tancredo!... vede! é o trovador Tancredo!
Coitado! assim morrer! um pobre moço!
Sem mãe e sem irmã! E não o enterram?
Neste mundo não teve um só amigo? —

"Ninguém, senhora! — respondeu da sombra
Uma dorida voz: — Eu vim, há pouco,
Ao saber que do povo no abandono
Jazia como um cão. Eu vim, e eu mesmo
Cavei junto do lago a cova impura".

ELFRIDA

— Tendes um coração. Tomai, mancebo,
Tomai essa pulseira... Em oiro e jóias
Tem bastante p'ra erguer-lhe um monumento,
E para longas missas lhe dizerem
Pelo repouso d'alma... —
O moço riu-se.

O Desconhecido

— Obrigado. Guardai as vossas jóias.
Tancredo o trovador morreu de fome;
Passaram-lhe no corpo frio e morto,
Salpicaram de lodo a face dele,
Talvez cuspissem nesta fronte santa
Cheia outrora de eternas fantasias,
De idéias a valer um mundo inteiro!...
Por que lançar esmolas ao cadáver?
Leva-as, fidalga — tuas jóias belas!
O orgulho do plebeu as vê sorrindo.
Missas... bem sabe Deus se neste mundo
Gemeu alma tão pura como a dele!
Foi um anjo, e murchou-se como as flores,
Morreu sorrindo como as virgens morrem!
Alma doce que os homens enjeitaram,
Lírio que profanou a turba imunda,
Oh! não te mancharei nem a lembrança
Com o óbolo dos ricos! Pobre corpo,
És o templo deserto, onde habitava
O Deus que em ti sofreu por um momento!
Dorme, pobre Tancredo! eu tenho braços:
Na cova negra dormirás tranqüilo...
Tu repousas ao menos!... —

No entanto sofreando a custo a raiva,
Mordendo os lábios de soberba e fúria,
Solfier da bainha arranca a espada,
Avança ao moço e brada-lhe:
"Insolente!
Cala-te, doudo! Cala-te, mendigo!
Não vês quem te falou? Curva o joelho,
Tira o gorro, vilão!"

O DESCONHECIDO

— Tu vês: não tremo.
Tu não vales o vento que salpica
Tua fronte de pó. Porque és fidalgo,
Não sabes que um punhal vale uma espada
Dentro do coração? —

Mas logo Elfrida:
"Acalma-te, Solfier! O triste moço
Desespera, blasfema e não me insulta.
Perdoa-me também, mancebo triste;
Não pensei ofender tamanho orgulho.
Tua mágoa respeito. Só te imploro
Que sobre a fronte ao trovador desfolhes
Essas flores, as flores do noivado
De uma triste mulher... E quanto às jóias,
Lança-as no lago... Mas quem és? teu nome?"

O DESCONHECIDO

— Quem sou? um doudo, uma alma de
insensato,
Que Deus maldisse e que Satã devora;
Um corpo moribundo em que se nutre
Uma centelha de pungente fogo,
Um raio divinal que dói e mata,
Que doira as nuvens e amortalha a terra!...
Uma alma como o pó em que se pisa;
Um bastardo de Deus, um vagabundo
A que o gênio gravou na fronte — anátema!
Desses que a turva com o dedo aponta...
Mas não; não hei de sê-lo! eu juro n'alma,
Pela caveira, pelas negras cinzas
De minha mãe o juro... agora há pouco
Junto de um morto reneguei do gênio,
Quebrei a lira à pedra de um sepulcro...
Eu era um trovador, sou um mendigo... —

Ergueu do chão a dádiva d'Elfrida;
Roçou as flores aos trementes lábios;
Beijou-as. Sobre o peito de Tancredo
Pousou-as lentamente...

— Em nome dele,
Agradeço estas flores do teu seio,
Anjo que sobre um túmulo desfolhas
Tuas últimas flores de donzela! —

Depois vibrou na lira estranhas mágoas,
Carpiu à longa noite escuras nênias,
Cantou: banhou de lágrimas o morto.

De repente parou — vibrou a lira
Co'as mãos iradas trêmulas... e as cordas
Uma per uma rebentou cantando...
Tinha fogo no crânio, e sufocava.
Passou a fria mão nas fontes úmidas,
Abriu a medo os lábios convulsivos,
Sorriu de desespero — e sempre rindo
Quebrou as jóias e as lançou no abismo...

VI

No outro dia, na borda do caminho,
Deitado ao pé de um fosso aberto apenas,
Viu-se um mancebo loiro que morria...
Semblante feminil, e formas débeis,
Mas nos palores da espaçosa fronte
Uma sombria dor cavara sulcos.
Corria sobre os lábios alvacentos
Uma leve umidez, um ló d'escuma,
E seus dentes a raiva constringira...
Tinha os punhos cerrados... Sobre o peito
Acharam letras de uma língua estranha...
E um vidro sem licor... fora veneno!...

Ninguém o conheceu; mas conta o povo
Que, ao lançá-lo no túmulo, o coveiro
Quis roubar-lhe o gibão — despiu o moço...
E viu... talvez é falso... níveos seios...
Um corpo de mulher de formas puras...

VII

Na tumba dormem os mistérios d'ambos;
Da morte o negro véu não há erguê-lo!
Romance obscuro de paixões ignotas,
Poema d'esperança e desventura,
Quando a aurora mais bela os encantava,
Talvez rompeu-se no sepulcro deles!
Não pode o bardo revelar segredos
Que levaram ao céu as ternas sombras;
Desfolha apenas nessas frontes puras
Da extrema inspiração as flores murchas...

IDÉIAS ÍNTIMAS

Fragmento

La chaise où je m'assieds, la natte où je me couche,
La table où je t'écris, ...
....
Mes gros souliers ferrés, mon bâton, mon chapeau,
Mes livres pêle-mêle entassés sur leur planche
....
De cet espace étroit sont tout l'ameublement.[24]

Lamartine, *Jocelyn*

I

Ossian o bardo é triste como a sombra
Que seus cantos povoa. O Lamartine
É monótono e belo como a noite,
Como a lua no mar e o som das ondas...
Mas pranteia uma eterna monodia,
Tem na lira do gênio uma só corda,
Fibra de amor e Deus que um sopro agita:
Se desmaia de amor a Deus se volta,
Se pranteia por Deus de amor suspira.
Basta de Shakespeare. Vem tu agora,
Fantástico alemão, poeta ardente
Que ilumina o clarão das gotas pálidas
Do nobre Johannisberg! Nos teus romances
Meu coração deleita-se... Contudo
Parece-me que vou perdendo o gosto,
Vou ficando *blasé*, passeio os dias
Pelo meu corredor, sem companheiro,
Sem ler, nem poetar. Vivo fumando.

[24]LA CHAISE ... L'AMEUBLEMENT. A cadeira onde eu me sento, essa esteira em que adormeço,/ E a mesa onde te escrevo,/ Meus grossos sapatos ferrados, minha bengala, meu chapéu,/ Os livros desarrumados, empilhados sobre a estante/ Naquele espaço pequeno, era a mobília inteira.

Minha casa não tem menores névoas
Que as deste céu d'inverno... Solitário
Passo as noites aqui e os dias longos;
Dei-me agora ao charuto em corpo e alma;
Debalde ali de um canto um beijo implora,
Como a beleza que o Sultão despreza,
Meu cachimbo alemão abandonado!
Não passeio a cavalo e não namoro;
Odeio o *lasquenet*... Palavra d'honra!
Se assim me continuam por dois meses
Os diabos azuis nos frouxos membros,
Dou na Praia Vermelha ou no Parnaso.

II

Enchi o meu salão de mil figuras.
Aqui voa um cavalo no galope,
Um roxo *dominó* as costas volta
A um cavaleiro de alemães bigodes,
Um preto beberrão sobre uma pipa,
Aos grossos beiços a garrafa aperta...
Ao longo das paredes se derramam
Extintas inscrições de versos mortos,
E mortos ao nascer... Ali na alcova
Em águas negras se levanta a ilha
Romântica, sombria à flor das ondas
De um rio que se perde na floresta...
Um sonho de mancebo e de poeta,
El-Dorado de amor que a mente cria
Como um Éden de noites deleitosas...
Era ali que eu podia no silêncio
Junto de um anjo... Além o romantismo!
Borra adiante folgaz caricatura
Com tinta de escrever e pó vermelho
A gorda face, o volumoso abdómen,
E a grossa penca do nariz purpúreo
Do alegre vendilhão entre botelhas

Metido num tonel... Na minha cômoda
Meio encetado o copo inda verbera
As águas d'oiro do *Cognac* fogoso.
Negreja ao pé narcótica botelha
Que da essência de flores de laranja
Guarda o licor que nectariza os nervos.
Ali mistura-se o charuto Havano
Ao mesquinho cigarro e ao meu cachimbo.
A mesa escura cambaleia ao peso
Do titânio *Digesto*, e ao lado dele
Childe-Harold entreaberto ou Lamartine
Mostra que o romantismo se descuida
E que a poesia sobrenada sempre
Ao pesadelo clássico do estudo.

III

Reina a desordem pela sala antiga,
Desde a teia de aranha as bambinelas
À estante pulvurenta. A roupa, os livros
Sobre as cadeiras poucas se confundem.
Marca a folha do *Faust* um colarinho
E Alfredo de Musset encobre às vezes
De Guerreiro ou Valasco um texto obscuro.
Como outrora do mundo os elementos
Pela treva jogando cambalhotas,
Meu quarto, mundo em caos, espera um *Fiat!*

IV

Na minha sala três retratos pendem.
Ali Victor Hugo. Na larga fronte
Erguidos luzem os cabelos loiros
Como c'roa soberba. Homem sublime,
O poeta de Deus e amores puros
Que sonhou Triboulet, Marion Delorme
E Esmeralda a Cigana... e diz a crônica

Que foi aos tribunais parar um dia
Por amar as mulheres dos amigos
E adúlteros fazer *romances vivos.*

V

Aquele é Lamennais — o bardo santo,
Cabeça de profeta, ungido crente,
Alma de fogo na mundana argila
Que as harpas de Sion vibrou na sombra,
Pela noite do século chamando
A Deus e à liberdade as loucas turbas.
Por ele a George Sand morreu de amores,
E dizem que... Defronte, aquele moço
Pálido, pensativo, a fronte erguida,
Olhar de Bonaparte em face Austríaca,
Foi do homem secular as esperanças.
No berço imperial um céu de Agosto
Nos cantos de triunfo despertou-o...
As águias de Wagram e de Marengo
Abriam flamejando as longas asas
Impregnadas do fumo dos combates,
Na púrpura dos Césares, guardando-o.
E o gênio do futuro parecia
Predestiná-lo à glória. A história dele?
Resta um crânio nas urnas do estrangeiro...
Um loureiro sem flores nem sementes...
E um passado de lágrimas... A terra
Tremeu ao sepultar-se o Rei de Roma.
Pode o mundo chorar sua agonia
E os louros de seu pai na fronte dele
Infecundos depor... Estrela morta,
Só pode o menestrel sagrar-te prantos!

VI

Junto a meu leito, com as mãos unidas,
Olhos fitos no céu, cabelos soltos,
Pálida sombra de mulher formosa

Entre nuvens azuis pranteia orando.
É um retrato talvez. Naquele seio
Porventura sonhei doiradas noites:
Talvez sonhando desatei sorrindo
Alguma vez nos ombros perfumados
Esses cabelos negros, e em delíquio
Nos lábios dela suspirei tremendo.
Foi-se minha visão. E resta agora
Aquela vaga sombra na parede
— Fantasma de carvão e pó cerúleo,
Tão vaga, tão extinta e fumarenta
Como de um sonho o recordar incerto.

VII

Em frente do meu leito, em negro quadro
A minha amante dorme. É uma estampa
De bela adormecida. A rósea face
Parece em visos de um amor lascivo
De fogos vagabundos acender-se...
E com a nívea mão recata o seio...
Oh! quantas vezes, ideal mimoso,
Não encheste minh'alma de ventura,
Quando louco, sedento e arquejante,
Meus tristes lábios imprimi ardentes
No poento vidro que te guarda o sono!

VIII

O pobre leito meu desfeito ainda
A febre aponta da noturna insônia.
Aqui lânguido a noite debati-me
Em vãos delírios anelando um beijo...
E a donzela ideal nos róseos lábios,
No doce berço do moreno seio
Minha vida embalou estremecendo...
Foram sonhos contudo. A minha vida
Se esgota em ilusões. E quando a fada

Que diviniza meu pensar ardente
Um instante em seus braços me descansa
E roça a medo em meus ardentes lábios
Um beijo que de amor me turva os olhos,
Me ateia o sangue, me enlanguesce a fronte,
Um espírito negro me desperta,
O encanto do meu sonho se evapora
E das nuvens de nácar da ventura
Rolo tremendo à solidão da vida!

IX

Oh! ter vinte anos sem gozar de leve
A ventura de uma alma de donzela!
E sem na vida ter sentido nunca
Na suave atração de um róseo corpo
Meus olhos turvos se fechar de gozo!
Oh! nos meus sonhos, pelas noites minhas
Passam tantas visões sobre meu peito!
Palor de febre meu semblante cobre,
Bate meu coração com tanto fogo!
Um doce nome os lábios meus suspiram,
Um nome de mulher... e vejo lânguida
No véu suave de amorosas sombras
Seminua, abatida, a mão no seio,
Perfumada visão romper a nuvem,
Sentar-se junto a mim, nas minhas pálpebras
O alento fresco e leve como a vida
Passar delicioso... Que delírios!
Acordo palpitante... inda a procuro;
Embalde a chamo, embalde as minhas lágrimas
Banham meus olhos, e suspiro e gemo...
Imploro uma ilusão... tudo é silêncio!
Só o leito deserto, a sala muda!
Amorosa visão, mulher dos sonhos,
Eu sou tão infeliz, eu sofro tanto!
Nunca virás iluminar meu peito
Com um raio de luz desses teus olhos?

X

Meu pobre leito! eu amo-te contudo!

Aqui levei sonhando noites belas;
As longas horas olvidei libando
Ardentes gotas de licor doirado,
Esqueci-as no fumo, na leitura
Das páginas lascivas do romance...

Meu leito juvenil, da minha vida
És a página d'oiro. Em teu asilo
Eu sonho-me poeta, e sou ditoso,
E a mente errante devaneia em mundos
Que esmalta a fantasia! Oh! quantas vezes
Do levante no sol entre odaliscas
Momentos não passei que valem vidas!
Quanta música ouvi que me encantava!
Quantas virgens amei! que Margaridas,
Que Elviras saudosas e Clarissas
Mais trêmulo que Faust eu não beijava,
Mais feliz que Don Juan e Lovelace
Não apertei ao peito desmaiando!

Ó meus sonhos de amor e mocidade,
Por que ser tão formosos, se devíeis
Me abandonar tão cedo... e eu acordava
Arquejando a beijar meu travesseiro?

XI

Junto do leito meus poetas dormem
— O Dante, a Bíblia, Shakespeare e Byron —
Na mesa confundidos. Junto deles
Meu velho candieiro se espreguiça
E parece pedir a formatura.
Ó meu amigo, ó velador noturno,
Tu não me abandonaste nas vigílias,

Quer eu perdesse a noite sobre os livros,
Quer, sentado no leito, pensativo
Relesse as minhas cartas de namoro!
Quero-te muito bem, ó meu comparsa
Nas doudas cenas de meu drama obscuro!
E num dia de *spleen*, vindo a pachorra,
Hei de evocar-te num poema heróico
Na rima de Camões e de Ariosto
Como padrão às lâmpadas futuras!
....

XII

Aqui sobre esta mesa junto ao leito
Em caixa negra dous retratos guardo.
Não os profanem indiscretas vistas.
Eu beijo-os cada noite: neste exílio
Venero-os juntos e os prefiro unidos
— Meu pai e minha mãe. — Se acaso um dia
Na minha solidão me acharem morto,
Não os abra ninguém. Sobre meu peito
Lancem-os em meu túmulo. Mais doce
Será certo o dormir da noite negra
Tendo no peito essas imagens puras.

XIII

Havia uma outra imagem que eu sonhava
No meu peito na vida e no sepulcro.
Mas ela não o quis... rompeu a tela
Onde eu pintara meus doirados sonhos.
Se posso no viver sonhar com ela,
Essa trança beijar de seus cabelos
E essas violetas inodoras, murchas,
Nos lábios frios comprimir chorando,
Não poderei na sepultura, ao menos,
Sua imagem divina ter no peito.

XIV

Parece que chorei... Sinto na face
Uma perdida lágrima rolando...
Satã leve a tristeza! Olá, meu pajem,
Derrama no meu copo as gotas últimas
Dessa garrafa negra...
                                        Eia! bebamos!
És o sangue do gênio, o puro néctar
Que as almas de poeta diviniza,
O condão que abre o mundo das magias!
Vem, fogoso *Cognac!* É só contigo
Que sinto-me viver. Inda palpito,
Quando os eflúvios dessas gotas áureas
Filtram no sangue meu correndo a vida,
Vibram-me os nervos e as artérias queimam,
Os meus olhos ardentes se escurecem
E no cérebro passam delirosos
Assomos de poesia... Dentre a sombra
Vejo num leito d'oiro a imagem dela
Palpitante, que dorme e que suspira,
Que seus braços me estende...
                                        Eu me esquecia:
Faz-se noite; traz fogo e dous charutos
E na mesa do estudo acende a lâmpada...

BOÊMIOS

Ato de Uma Comédia Não Escrita

Totus mundus agit histrionem.[25]
Provérbio do tempo de Shakespeare

A cena passa-se na Itália no século XVI. Uma rua escura e deserta. Alta noite. Numa esquina uma imagem de Madona em seu nicho alumiado por uma lâmpada.
Puff *dorme no chão abraçando uma garrafa.* Níni *entra tocando guitarra. Dão 3 horas.*

NÍNI

Olá! que fazes, Puff? dormes na rua?

PUFF, *acordando*
Não durmo... Penso.

NÍNI

Estás enamorado
E deitado na pedra acaso esperas
O abrir de uma janela? Estás cioso
E co'a botelha em vez de durindana
Aguardas o rival?

PUFF

Ceei à farta
Na taverna do Sapo e das Três-Cobras.
Faço o quilo; ao repouso me abandono.
Como o Papa Alexandre ou como um Turco,
Me entrego ao *far niente* e bem a gosto
Descanso na calçada imaginando.

[25] TOTUS MUNDUS AGIT HISTRIONEM. Tudo é teatro. Tudo é comédia.

NÍNI

Embalde quis dormir. Na minha mente
Fermenta um mundo novo que desperta.
Escuta, Puff: eu sinto no meu crânio
Como em seio de mãe um feto vivo.
Na minha insônia vela o pensamento.
Os poetas passados e futuros
Vou todos ofuscar... Aqui no cérebro
Tenho um grande poema. Hei de escrevê-lo,
É certa a glória minha!

PUFF

A idéia é boa:
Toma dez bebedeiras — são dez cantos.
Quanto a mim tenho fé que a poesia
Dorme dentro do vinho. Os bons poetas
Para ser imortais beberam muito.

NÍNI

Não rias. Minha idéia é nova e bela.
A Musa me votou a eterna glória.
Não me engano, meu Puff, enquanto sonho:
Se aos poetas divinos Deus concede
Um céu mais glorioso, ali com Tasso,
Com Dante e Ariosto eu hei de ver-me.
Se eu fizer um poema, certamente
No Panteon da fama cem estátuas
Cantarão aos vindouros o meu gênio!

PUFF

Em estátua, meu Níni! Estás zombando!
É impossível que saias parecido.
Que mármore daria a cor vermelha
Deste imenso nariz, destas melenas?

NÍNI

Estás bêbado, Puff. Tresandas vinho.

PUFF

O vinho! és uma besta; só um parvo
Pode a beleza desmentir do vinho.
Tu nunca leste o Cântico dos Cânticos
Onde o rei Salomão, como elogio,
Dizia à noiva: — *Pulchriora sunt*
Ubera tua vino!

NÍNI

És sempre um bobo.

PUFF

E tu és sempre esse nariz vermelho
Que ainda aqui na treva desta rua
Flameja ao pé de mim. Quando te vejo,
Penso que estou na Igreja ouvindo Missa
Dita por Cardeal.

NÍNI

És um devasso.

PUFF

Respondo-te somente o que dizia
Sir John Falstaff, da noite o cavaleiro:
"Se Adão pecou no estado de inocência,
Que muito é que nos dias da impureza
Peque o mísero Puff?" Tu bem o sabes:
Toda a fragilidade vem da carne,
E na carne se eu tanto excedo os outros,
Vícios não devem meus causar espanto.
Minha alma dorme em treva completíssima
Pela minha descrença... E tu, maldito,
Por que sempre não vens esclarecer-me
Com esse teu farol aceso sempre,
Cavaleiro da lâmpada vermelha,
As trevas de minh'alma?

NÍNI

Que leproso!

PUFF

Sou um homem de peso. Entendo a vida;
Tenho muito miolo, e a prova disto
É que não sou poeta nem filósofo,
E gosto de beber, como Panúrgio.
Se tu fosses tonel, como pareces,
Eu te bebera agora de um só trago.

NÍNI

Quero-te bem contudo. Amigos velhos,
Deixemo-nos de histórias. Meu poema...

PUFF

Se falas em poema, eu logo durmo.

NÍNI

Uma vez era um rei...

PUFF

Não vês? eu ronco.

NÍNI

Quero a ti dedicar minha obra-prima;
Irás junto comigo à eternidade.
Teu retrato porei no frontispício.
Meu poema será uma coroa
Que as nossas frontes engrinalde juntas.

PUFF

Pensei-te menos doudo. O teu poema
Seria uma sublime carapuça.
Mas, já que sonhas tanto, olha, meu Níni,
Tu precisas de um saco.

NÍNI

Impertinente!

PUFF

Dá-me aqui tua mão. Sabes, amigo?
Passei ontem o dia de namoro;
Minhas paixões votei à nova esposa
Do velho Conde que ali mora em frente.
Estou adiantado nos amores.
A cozinheira, outrora minha amante,
Meus passos guia, meus suspiros leva.
Mas preciso com pressa de um soneto.
Prometes-me fazê-lo?

NÍNI

Se me ouvires
Recitar meu poema...

PUFF

Eu me resigno.
Declama teu sermão, como um vigário.
Mas o sono ao rebanho se permite?

(*Entra um criado correndo.*)

Roa-me o diabo as tripas, se não vejo
Ali correr com pernas de cabrita
O criado do cônego Tansoni.

NÍNI

Onde vais, Gambioletto?

GAMBIOLETTO

Vou à pressa
Ao doutor Fossuário.

PUFF

Acaso agora
O carrasco fugiu?

NÍNI

Quem agoniza?

GAMBIOLETTO

O Reverendo e Santo Sr. Cônego,
Deitando-se a dormir depois da ceia
No colo de Madona la Zaffeta,
Umas dores sentiu pela barriga,
Caiu estrebuchando sobre a sala...
Morre de apoplexia.

NÍNI

O diabo o leve!

GAMBIOLETTO

É o médico, Srs.!

(*Sai correndo.*)

PUFF

Venturoso!
Sempre é Cônego... Níni, *dulce et decus*
Pro patria mori... É doce e glorioso
Morrer de apoplexia! Quem me dera
Morrer depois da ceia, de repente!
Não vem o confessor contar novelas,
Não soam cantos fúnebres em torno,
Nem se força o medroso moribundo
A rezar, quando só dormir quisera!
Venturosos os Cônegos e os Bispos,
E os papudos Abades dos conventos!

Eles podem morrer de apoplexia!
E se morrem pensando — coisa nova! —
Quem nunca no viver cansou-se nisso;
Se eles morrem pensando, ante seus olhos,
No momento final sem ter pavores,
Inda corre a visão da bela mesa!
A não morrer-se como o velho Píndaro,
Cantando, sobre o seio amorenado
De sua amante Grega, oh! quem me dera
Cair morto no chão, beijando ainda
A botelha divina!

NÍNI

Que maluco!
A estas horas da noite, assim no escuro
Não temes de lembrar-te de defuntos?
Beijarias até uma caveira,
Se espumante o Madeira ali corresse!

PUFF

Os cálices doirados são mais belos;
Inda porém mais doce é nos beicinhos
Da bela moça que sorrindo bebe
Libar mais terno o saibo dos licores...
Eu prefiro beijar a tua amante.

NÍNI

Tens medo de defuntos?

PUFF

Um bocado.
Sinto que não nasci para coveiro.
Contudo, no domingo, à meia-noite...
Pela forca passei, vi nas alturas,
Do luar sem vapor à luz formosa,
Um vilão pendurado. Era tão feio!

A língua um palmo fora, sobre o peito,
Os olhos espantados, boca lívida,
Sobre a cabeça dele estava um corvo...
O morto estava nu, pois o carrasco
Despindo os mortos dá vestido aos filhos,
E deixa à noite o padecente à fresca.
Eu senti pelo corpo uns arrepios...
Mas depois veio o ânimo... trepei-me
Pela escada da forca, fui acima,
E pintei uns bigodes no enforcado.

NÍNI

Bravo como um Vampiro!

PUFF

Oh! antes d'ontem
Passei pelos telhados sem ter medo,
Para evitar um pátio onde velava
Um cão — que enorme cão! — subindo ao quarto
Onde dorme Rosina Belvidera.

NÍNI

Ousaste ao Cardeal depor na fronte
Tão pesada coroa?

PUFF

A mitra cobre.
Dizem que a santidade lava tudo;
Depois... o Cardeal estava bêbado...
A propósito, sabes dos amores
Do capitão Tybald? O tal maroto
Não sei de que milagres tem segredo
Que deu volta à cabeça da rainha.

NÍNI

Por isso o pobre Rei anda tão triste!

PUFF

Spadaro, o fidalgote barba-ruiva,
Contou-me que espiando p'la janela
Do quarto da rainha os viu... Caluda!

NÍNI

E o Rei que faz? Não tem lá na cozinha
Algum pau de vassoura ou um chicote?

PUFF

El-Rei Nosso Senhor então ceava.

NÍNI

Santo Rei!

PUFF

E demais é bem sabido
Que El-Rei só reina à mesa e nas caçadas.

NÍNI

Nunca perde um veado quando atira.

PUFF

Ele caça veados! Má fortuna!
Não o cacem também pela ramagem!

NÍNI

Com língua tão comprida e viperina
Irás parar na forca.

PUFF

Níni, escuta.
Assisti esta noite a um pagode
Na taverna do Sapo e das três Cobras.
Era já lusco-fusco, e eu entrando
Dou com Frei São José e Frei Gregório,
O Prior do convento dos Bernardos
E mais uns dous ou três que só conheço
De ver pelas esquinas se encostando,
Ou dormidos na rua a sono solto...

Que soberbo painel! Faze uma idéia!
Um banquete! fartura! que presuntos!
Que tostados leitões que recendiam!
Numa enorme caldeira enormes peixes,
Recheados capões fervendo ainda,
Perus, *olhas podridas,* costeletas...
Esgotara o talento a cozinheira!
Abertos garrafões; garrafas cheias;
Vinho em copos imensos transbordando;
Na toalha, já suja, debruçados
Aqueles religiosos cachaçudos
De boca aberta e de embotados olhos.
Gastrônomos! ali é que se via
Que é ciência comer, e como um frade
Goza pelo nariz e pelos olhos,
Pelas mãos, pela boca, e faz focinho
E bate a língua ao paladar gostoso
Ao celeste sabor de um bom pedaço!

Depois! era bonito! Frei Gregório
Co'a boca de gordura reluzente,
Farto de vinho, esquece o reumatismo,
Esquece a erisipela já sem cura,
Canta rondós e dança a tarantela...

Arrasta-se caindo e se babando
Aos pés da taverneira. De joelhos
Faz-lhe a corte cantando o *Miserere*,
Principia sermões, engrola textos,
E a gorda mão estende ao nédio seio
Da bela mocetona... a mão lhe beija,
A mão que o cetro cinge de vassoura...
Chora, soluça e cai, estende os braços,
Ainda a chama, e cantochão entoa...

Era de rir! os velhos amorosos,
Uns de joelhos no chão, outros cantando
Estendidos na mesa entre os despojos,
Outros beijando a moça, outros dormindo.
Ela no meio deslambida e fresca
Excita-os mutuamente e os rivaliza,
Passa-lhes pelo queixo a mão gorducha...

Corre o Prior a soco um Barbadinho,
Atracam-se, blasfemam, esconjuram,
Um agarra na barba do contrário,
Outro tenta apertar o papo alheio...
Abraçam-se na luta os dous volumes
E rolam como pipas. No oceano
Assim duas baleias ciumentas
Atracam-se na luta... Que risadas!
Que risadas, meu Deus! arrebentando
Soltou o pobre Puff vendo a comédia!

NÍNI

Ouve agora o poema...

PUFF

Espera um pouco.
A taverna do canto não se fecha.
Está aberta. Compra uma garrafa...
Bom vinho... tu bem sabes! Tenho a goela
Fidalga como um rei. Não tenho dúvida:
Mentiu a minha mãe quando contou-me
Que nasci de um prosaico matrimônio...
Eu filho de escrivão!... Para criar-me
Era — senão um Rei — preciso um Bispo!

NÍNI

(*Vai à taverna e volta*.)

Eis aqui uma bela empada fria,
Uma garrafa e copo.

PUFF (*quebrando o copo*)

O Demo o leve!
Eu sou como Diógenes. Só quero
Aquilo sem o que viver não posso.
Deitado nesta laje, preguiçoso,
Olhando a lua, beijo esta garrafa,
E o mundo para mim é como um sonho.
Creio até que teu ventre desmedido
Como escura caverna vai abrir-se,
Mostrando-me no seio iluminado
Panoramas de harém, Sultanas lindas
E longas prateleiras de bom vinho!

NÍNI

Dou começo ao poema. Escuta um pouco.

I

"Havia um rei, numa ilha solitária,
Um rei valente, cavaleiro e belo.
O rei tinha um irmão. — Era um mancebo
Pálido, pensativo. A sua vida
Era nas serras divagar cismando,
Sentar-se junto ao mar, dormir no bosque
Ou vibrar no alaúde os seus gemidos.

II

Vagabundo uma vez junto das ondas
O Príncipe encontrou na areia fria
Uma branca donzela desmaiada,
Que um naufrágio na praia arremessara.
Revelavam-lhe as roupas gotejantes
O belo talhe níveo, o melindroso
Das bem moldadas formas. — O mancebo
Nos braços a tomou, e foi com ela
Esconder-se no bosque.

Quando a bela
Suspirando acordou, o belo Príncipe
Aos pés dela velava de joelhos.

Amaram-se. É a vida. Eles viveram
Desse desmaio que dá corpo aos sonhos,
Que realiza visões e aroma a vida
Na sua primavera. A lua pálida,
As sombras da floresta, e dentre a sombra
As aves amorosas que suspiram
Viram aquelas frontes namoradas,
Ouviram sufocando-se num beijo
Suspiros que o deleite evaporava.

III

O Rei tinha um truão. O caso é visto;
É muito natural. — Se reis sombrios
Gostam de bobos na doirada corte,
Não admira decerto que um risonho
Em vez de capelão tivesse um bobo.

Loriolo — o truão do Rei — acaso
Um dia atravessando p'la floresta,
Foi dar numa cabana de folhagens.
Ninguém estava ali, porém num leito
De brandas folhas e cheirosas flores
Ele viu estendidas roupas alvas
— E roupas de mulher! — e junto um gorro,
Que pelas jóias e flutuantes plumas
E pela firma no veludo negro
Denunciava o Príncipe.

Loriolo,
Apesar de na corte ser um Bobo,
Não era um zote. Foi-se remoendo,
Jurou dar com a história dos namoros,
E para andar melhor em tal caminho,
Ele que adivinhava que as Américas
Sem proteção de rei ninguém descobre,
Madrugou muito cedo — inda era escuro —
E convidou El-Rei para o passeio.

IV

Ora, por uma triste desventura,
O rei entrando na Cabana Verde
Achou só a mulher. — Adormecida
No desalinho descuidoso e belo
Com que elas dormem, soltos os cabelos,
A face sobre a mão, e os seios lindos
Batendo à solta na macia tela
Da roupa de dormir que os modelava...
Não digo mais...

Loriolo pôs-se à espreita.
O Rei de leve despertou a bela,
Acordou-a num beijo...

V

A linda moça,
Se havia ali raivosa apunhalar-se,
Fazer espalhafato e gritaria,
Por um capricho, voluptuoso assomo,
Entregou-se ao amor do Rei...

VI

"Maldito!"
Bradou-lhe à porta um vulto macilento.
"Maldito! meu irmão, aquela moça
É minha, minha só, é minha amante
E minha esposa fora..."

O Rei sorrindo
Lhe estende a régia mão e diz alegre:
"A culpa é tua. Eu disto não sabia;
Se do teu casamento me falasses,
Eu respeitara tua..."

"Basta, infame!
Não acrescentes zombaria ao crime.
Hei de punir-te. É solitário o bosque;
Aqui não és um rei, porém um homem,
Um vil em cujo sangue hei de lavar-me.
Oh! sangue! quero sangue! eu tenho sede!"

VII

Despiu tremendo a reluzente espada.
O mesmo fez o Rei. — Lutaram ambos.
Feminae sacra fames, quantum pectora
Mortalia cogis! E embalde a moça,
Ajoelhando seminua e pálida,
Vinha chorando, mais gentil no pranto,
Entre as espadas se lançar gemendo.

Embalde! Longo tempo encarniçado
A peleja durou... Enfim caíram...
Rolaram ambos trespassados, frios,
E, na treva de morte que os cegava,
Inda alongando os braços convulsivos
Que avermelhava o fratricida sangue,
Procurando no sangue o inimigo!

VIII

O Bobo fez as covas. Na montanha
Enterrou os irmãos. — E quanto à moça,
Pelo braço a tomou chorosa e fria,
Foi ao paço, e na gótica varanda,
De coroa real e longo manto,
Falou à plebe, prometeu franquezas,
Impostos levantar e dar torneios.
— Falou aos guardas: prometeu-lhes vinho.
— Falou à fidalguia, mas no ouvido,
E prometeu-lhe consentir nos vícios
E depressa fazer uma lei nova
Pela qual, se um fidalgo assassinasse
Algum torpe vilão, ficasse impune
E nem pagasse mais a vil quantia
Que era pena do crime — e alto disse
Que havia conquistar países novos.

IX

A história infelizmente é muito vista.
Não sou original! É uma desgraça!
Mas prefiro o caráter verdadeiro
De trovador cronista. —

Loriolo

Trocou de guizo o boné sonoro
— Muito leve chapéu! — pela coroa...
Só teve uma desgraça o Rei novato:
Foi que um dia fugiu-lhe do palácio
A tal moça volante nos amores.

X

Muitos anos passaram. Loriolo
Era um sublime rei. De rei a bobo
Já tantos têm caído! Não admira
Que um Bobo sendo Rei primasse tanto.
Governava tão bem como governam
Os reis de sangue azul e raça antiga.
Demais gastava pouco, e, se não fosse
Seu amor pelas alvas formosuras,
Decerto que na lista dos monarcas
Ele ficava sendo o Rei Sovina.
Enfim era um Monarca de mão cheia.
Tinha só um defeito — vendo sangue
Tinha frio no ventre; e desmaiava
Ao luzir de uma espada... era nervoso!
Ninguém falava nisso. — Até a giba,
A figura de anão, a pele escura,
Aquela boca negra escancarada
(E que nem dentes amarelos tinha
P'ra ser de Adamastor), as gâmbias finas,
Eram tipo dos quadros dos pintores.
Se pintavam Adônis ou Cupido,
Copiavam o Rei em corpo inteiro.
E o oiro das moedas, que trazia
A ventosa bochecha, os beiços grossos,
O porcino perfil e a cabeleira,
Era beijado com fervor e culto.

XI

Loriolo envelhecia entre os aplausos,
Dando a mão a beijar à fidalguia.
Demais um sabichão fizera um livro
Em vinte e tantos volumões in-fólio,
Obra cheia de mapas e figuras
Em que provava que por linha reta
De Hércules descendia Loriolo
E portanto de Júpiter Tonante.

E apresentou as certidões em cópia
De óbito e nascimento e batistério,
E até de casamento, e para prova
De que nas veias puras do Monarca
Não correra a mais leve bastardia.
É inútil dizer que os tais volumes
Nada contavam sobre o Pai, porqueiro
Como o do Santo Papa Sixto Quinto,
E sobre a mãe do Rei, a velha Mória
Que vendera perus, Deus sabe o resto!
Nos tempos folgazões da mocidade!

XII

Um dia o reino cem navios tocam.
São piratas do Norte! são Normandos!
Infrene multidão nas praias corre,
Levando tudo a ferro... até os frades.
Matam, queimam, saqueiam, furtam moças.
E a infrene turba corre até aos paços.

XIII

Enquanto vem a campo a fidalguia
Armada *pied en cap*, espada em punho,
Loriolo, sem fala, nos apertos
Nas adegas se esconde.

Embalde o chamam,
Embalde corre voz que dos Normandos
Emissário de paz o Rei procura.
El-Rei suou de susto a roupa inteira.
Nem era de admirar, que a Reis e povo,
Como ao bicho-da-seda a trovoada,
Camisas de onze varas apavoram
E fazem frio aparições de forca.

XIV

Um soldado Normando que buscava
Nas adegas reais alguma pinga,
Mete a verruma numa velha pipa.
Um grito sai dali, mas não licores.
O soldado feroz destampa o nicho;
Agarra um vulto dentro, mas somente
Sente nas mãos vazia cabeleira...
Desembainha a torva durindana.
Nas cavernas da pipa, e nas cavernas
Do coração do Rei reboa o golpe.
Estala-se o tonel de meio a meio.
Entretanto o bom Rei que não falava,
Sujo da lia da ruinosa pipa,
Mais morto do que vivo (já pensando
Que seu reino acabava num espeto
Como o reino do galo), às cambalhotas
Rola aos pés do soldado, chora e treme,
Gagueja de pavor nos calafrios
E pelo amor de Deus perdão implora.

XV

O soldado, maroto e bom gaiato,
Agarra às costas o real trambolho,
Como um vilão que à feira leva um porco,
E no meio do pátio, entre os despojos,
De pernas para o ar e cara suja
Atira o Bobo...

— El-Rei! clama um fidalgo.

XVI

Porém o Rei não fala... Sua e treme.

"Singofredo o pirata aqui me envia.
(Diz ao Rei o pacífico Mercúrio,
O Arauto de paz que vem de bordo:) —
Eu venho aqui propor-vos um tratado.
Por direito de espada e por herança
Singofredo é senhor destes países.
Ele vem reclamar sua coroa.
Se o Rei não se opuser, não corre sangue;
Senão hão de fazê-lo em sarrabulho,
Puxado p'lo nariz o encher de lodo
E espetar-lhe a careta sobre um mastro.
Singofredo o feroz exige apenas
Que o Rei deixando o cetro deste reino
Seja sempre na corte Rei da Lua.
Loriolo virá ao seu caminho
Trajando seu gibão amarelado
Com remendos de cor, e campainhas,
Meias roxas e gorro afunilado".

XVII

Loriolo suspira. O povo espera.
Pela face do Bobo corre a furto
Uma lágrima trêmula. — É desgraça
Tendo subido a Rei voltar...
                    Nem ousa
O nome proferir de sua infâmia.

De repente uma idéia o ilumina...
Deu uma das antigas gargalhadas,
Inda em trajes de rei graceja e pula.

Foi uma dança cômica, fantástica,
Um riso que doía — tão gelado
Coava ao coração!... Estava doudo...
Dançou a gargalhar... caiu exausto,
Caiu sem movimento sobre o lodo...
Escutaram-lhe o peito. Estava morto.

Ora o pirata, o invasor Normando,
Era filho da nossa conhecida,
Que, posto não pudesse com acerto
Dizer quem era o pai de seu boêmio,
Afirmava contudo afoutamente
Que, em todo o caso, tinha jus ao trono.

Reina pela cidade a bebedeira,
E bebendo à saúde do bastardo
O Bobo que foi rei ninguém sepulta..."

Bem vês, amigo Puff, que neste conto
Em poucos versos digo histórias longas:
— Amores, mortes, e no trono um bobo
E sobre o lodo um rei que não se enterra. —
Muito embora a mulher as roupas façam,
Eu provo que o burel não faz o monge,
E um bobo é sempre um bobo. Mostro ainda
De meu estro no vário cosmorama
Um rei que numa pipa o trono perde,
E um bastardo que o pai dizer não pode
E em nome de dous pais, ambos em dúvida,
Vem na sangueira reclamar seu nome.

Um outro só com isso dera a lume
Um poema em dez cantos. Sou conciso;
Não ouso tanto: dou somente idéias,
Esboço aqui apenas meu enredo.

Mas... Puff! olá, meu Puff! Estás dormindo,
Prosaico beberrão! Acorda um pouco!
Bebeu todo o meu vinho — a empada foi-se...
Não resta-me esperança! Este demônio
De um poeta como eu nem vale um murro!

UM HOMEM DA PLATÉIA (*interrompendo*)

Silêncio! fora a peça! que maçada!
Até o ponto dorme a sono solto!

Levanta-se o pano até o meio. Passa por debaixo e vem até a rampa o

PRÓLOGO,
velho de cabeça calva, camisola branca, carapuça frígia coroada de louros. Tem um ramo de oliveira na mão. Faz as cortesias do estilo e fala:

Dom Quixote! sublime criatura!
Tu sim foste leal e cavaleiro,
O último herói, o paladim extremo
De Castela e do mundo. Se teu cérebro
Toldou-se na loucura, a tua insânia
Vale mais do que o siso destes séculos
Em que a Infâmia, Dagon cheio de lodo,
Recebe as orações, mirras e flores,
E a louca multidão renega o Cristo!
Tua loucura revelava brio.
No triste livro do imortal Cervantes
Não posso crer um insolente escárnio
Do Cavaleiro andante aos nobres sonhos,
Ao fidalgo da Mancha — cuja nódoa
Foi só ter crido em Deus e amado os homens,
E votado seu braço aos oprimidos.
Aquelas folhas não me causam riso,
Mas desgosto profundo e tédio à vida.
Soldado e trovador, era impossível
Que Cervantes manchasse um valeroso
Em vil caricatura, e desse à turba,
Como presa de escárnio e de vergonha,
Esse homem que à virtude, amor e cantos
Abria o coração!...

Estas idéias
Servem para desculpa do poeta.
Apesar de bom moço o autor da peça
Tem uns laivos talvez de Dom Quixote.
E nestes tempos de verdade e prosa
— Sem Gigantes, sem Mágicos medonhos
Que velavam nas torres encantadas
As donzelas dormidas por cem anos —
Do seu imaginar esgrime as sombras
E dá botes de lança nos moinhos.

Mas não escreve sátiras: — apenas
Na idade das visões — dá corpo aos sonhos.
Faz trovas, e não talha carapuças.
Nem rebuça no véu do mundo antigo,
P'ra realce maior, presentes vícios.
Não segue a Juvenal, e não embebe
Em venenoso fel a pena escura
Para nódoas pintar no manto alheio.

O tempo em que se passa agora a cena
É o século dos Bórgias. O Ariosto
Depôs na fronte a Rafael gelado
Sua c'roa divina, e o segue ao túmulo.
Ticiano inda vive. O rei da turba
É um gênio maldito — o Aretino
Que vende a alma e prostitui as crenças.
Aretino! essa incrível criatura,
Poeta sem pudor, onda de lodo
Em que do gênio profanou-se a pérola...
Vaso d'oiro que um óxido sem cura
Azinhavrou de morte... homem terrível
Que tudo profanou co'as mãos imundas,
Que latiu como um cão mordendo um século,
E, como diz um epitáfio antigo,
Só em Deus não mordeu, porque o não vira.
Como ele, foi devasso todo o século.

Os contos de Boccáccio e de Brantôme
São mais puros que a história desses tempos.
Tasso enlouquece. *O Rei que se diverte*
— O herói de Marignan e de Pavia
Que num vidro escrevera do palácio
"Femme souvent varie", mas leviano
Com mais amantes que um Sultão vivia,
Mandava ao Aretino amáveis letras,
Um colar d'oiro com sangrentas línguas,
E dava-lhe pensões. O Vaticano
Viu o Papa beijando aquela fronte.
Carlos V o nomeia cavaleiro,
Abraça-o e — inda mais — lhe manda escudos.
O Duque João Médicis o adora,
Dorme com ele a par no mesmo leito.
É um tempo de agonias. A arte pálida,
Suarenta, moribunda, desespera
E aguarda o funeral de Miguel Ângelo
Para com ele abandonar o mundo
E angélica voltar ao céu dos Anjos.

Agora basta. Revelei minh'alma.
A cena descrevi onde correra
Inteira uma comédia em vez de um ato,
Se o poeta, mais forte, se atrevesse
A erguer nos versos a medonha sombra
Da loucura fatal do mundo inteiro.

Boas noites, platéia e camarotes;
O ponto já me diz que deixe o campo.
O primeiro galã todo empoado,
Cheio de vermelhão, já dentro fala:
Estão cheios de luz os bastidores:

Uma última palavra: o autor da peça,
Puxando-me da túnica romana,
Diz-me da cena que eu avise às Damas
Que desta feita os sais não são precisos;
Não há de sarrabulho haver no palco.

É uma peça clássica. O perigo
Que pode ter lugar é vir o sono;
Mas dormir é tão bom, que certamente
Ninguém por esse dom fará barulho.

O assunto da Comédia e do Poema
Era digno sem dúvida, Senhores,
De uma pena melhor; mas desta feita
Não fala Shakespeare nem Gil Vicente,
O poeta é novato, mas promete.
Posto que seja um homem barrigudo
E tenha por Talia o seu cachimbo,
Merece aplausos e merece glória.

SPLEEN E CHARUTOS

I

SOLIDÃO

Nas nuvens cor de cinza do horizonte
A lua amarelada a face embuça;
Parece que tem frio, e no seu leito
Deitou, para dormir, a carapuça.

Ergueu-se, vem da noite a vagabunda
Sem chale, sem camisa e sem mantilha,
Vem nua e bela procurar amantes;
É douda por amor da noite a filha.

As nuvens são uns frades de joelhos,
Rezam adormecendo no oratório;
Todos têm o capuz e bons narizes,
E parecem sonhar o refeitório.

As árvores prateiam-se na praia,
Qual de uma fada os mágicos retiros...
Ó lua, as doces brisas que sussurram
Coam dos lábios teus como suspiros!

Falando ao coração que nota aérea
Deste céu, destas águas se desata?
Canta assim algum gênio adormecido
Das ondas mortas no lençol de prata?

Minha alma tenebrosa se entristece,
É muda como sala mortuária...
Deito-me só e triste, e sem ter fome
Vejo na mesa a ceia solitária.

Ó lua, ó lua bela dos amores,
Se tu és moça e tens um peito amigo,
Não me deixes assim dormir solteiro,
À meia-noite vem cear comigo!

II

MEU ANJO

Meu anjo tem o encanto, a maravilha
Da espontânea canção dos passarinhos;
Tem os seios tão alvos, tão macios
Como o pêlo sedoso dos arminhos.

Triste de noite na janela a vejo
E de seus lábios o gemido escuto.
É leve a criatura vaporosa
Como a frouxa fumaça de um charuto.

Parece até que sobre a fronte angélica
Um anjo lhe depôs coroa e nimbo...
Formosa a vejo assim entre meus sonhos
Mais bela no vapor do meu cachimbo.

Como o vinho espanhol, um beijo dela
Entorna ao sangue a luz do paraíso.
Dá morte num desdém, num beijo vida,
E celestes desmaios num sorriso!

Mas quis a minha sina que seu peito
Não batesse por mim nem um minuto,
E que ela fosse leviana e bela
Como a leve fumaça de um charuto!

III

VAGABUNDO

Eat, drink and love; what can the rest avail us?[26]
Byron, *Don Juan*

Eu durmo e vivo ao sol como um cigano,
Fumando meu cigarro vaporoso;
Nas noites de verão namoro estrelas;
Sou pobre, sou mendigo, e sou ditoso!

Ando roto, sem bolsos nem dinheiro;
Mas tenho na viola uma riqueza:
Canto à lua de noite serenatas,
E quem vive de amor não tem pobreza.

Não invejo ninguém, nem ouço a raiva
Nas cavernas do peito, sufocante,
Quando à noite na treva em mim se entornam
Os reflexos do baile fascinante.

Namoro e sou feliz nos meus amores;
Sou garboso e rapaz... Uma criada
Abrasada de amor por um soneto
Já um beijo me deu subindo a escada...

Oito dias lá vão que ando cismado
Na donzela que ali defronte mora.
Ela ao ver-me sorri tão docemente!
Desconfio que a moça me namora!...

Tenho por meu palácio as longas ruas;
Passeio a gosto e durmo sem temores;
Quando bebo, sou rei como um poeta,
E o vinho faz sonhar com os amores.

[26] EAT ... US? Come, bebe e ama; de que pode nos valer o resto?

O degrau das igrejas é meu trono,
Minha pátria é o vento que respiro,
Minha mãe é a lua macilenta,
E a preguiça a mulher por quem suspiro.

Escrevo na parede as minhas rimas,
De painéis a carvão adorno a rua;
Como as aves do céu e as flores puras
Abro meu peito ao sol e durmo à lua.

Sinto-me um coração de lazzaroni;
Sou filho do calor, odeio o frio;
Não creio no diabo nem nos santos...
Rezo a Nossa Senhora, e sou vadio!

Ora, se por aí alguma bela
Bem doirada e amante da preguiça
Quiser a nívea mão unir à minha
Há de achar-me na Sé, domingo, à Missa.

IV

A LAGARTIXA

A lagartixa ao sol ardente vive
E fazendo verão o corpo espicha:
O clarão de teus olhos me dá vida,
Tu és o sol e eu sou a lagartixa.

Amo-te como o vinho e como o sono,
Tu és meu copo e amoroso leito...
Mas teu néctar de amor jamais se esgota,
Travesseiro não há como teu peito.

Posso agora viver: para coroas
Não preciso no prado colher flores;
Engrinaldo melhor a minha fronte
Nas rosas mais gentis de teus amores.

Vale todo um harém a minha bela,
Em fazer-me ditoso ela capricha;
Vivo ao sol de seus olhos namorados,
Como ao sol de verão a lagartixa.

V

LUAR DE VERÃO

O que vês, trovador? — Eu vejo a lua
Que sem lavor a face ali passeia;
No azul do firmamento inda é mais pálida
Que em cinzas do fogão uma candeia.

O que vês, trovador? — No esguio tronco
Vejo erguer-se o chinó de uma nogueira...
Além se entorna a luz sobre um rochedo
Tão liso como um pau-de-cabeleira.

Nas praias lisas a maré enchente
S'espraia cintilante d'ardentia...
Em vez de aromas as doiradas ondas
Respiram efluviosa maresia!

O que vês, trovador? — No céu formoso
Ao sopro dos favônios feiticeiros
Eu vejo — e tremo de paixão ao vê-las —
As nuvens a dormir, como carneiros.

E vejo além, na sombra do horizonte,
Como viúva moça envolta em luto,
Brilhando em nuvem negra estrela viva
Como na treva a ponta de um charuto.

Teu romantismo bebo, ó minha lua,
A teus raios divinos me abandono,
Torno-me vaporoso, e só de ver-te
Eu sinto os lábios meus se abrir de sono.

VI

O POETA MORIBUNDO

Poetas! amanhã ao meu cadáver
Minha tripa cortai mais sonorosa!...
Façam dela uma corda, e cantem nela
Os amores da vida esperançosa!

Cantem esse verão que me alentava...
O aroma dos currais, o bezerrinho,
As aves que na sombra suspiravam,
E os sapos que cantavam no caminho!

Coração, por que tremes? Se esta lira
Nas minhas mãos sem força desafina,
Enquanto ao cemitério não te levam,
Casa no marimbau a alma divina!

Eu morro qual nas mãos da cozinheira
O marreco piando na agonia...
Como o cisne de outrora... que gemendo
Entre os hinos de amor se enternecia.

Coração, por que tremes? Vejo a morte,
Ali vem lazarenta e desdentada...
Que noiva!... E devo então dormir com ela?...
Se ela ao menos dormisse mascarada!

Que ruínas! que amor petrificado!
Tão antediluviano e gigantesco!
Ora, façam idéia que ternuras
Terá essa lagarta posta ao fresco!

Antes mil vezes que dormir com ela,
Que dessa fúria o gozo, amor eterno...
Se ali não há também amor de velha,
Dêem-me as caldeiras do terceiro Inferno!

No inferno estão suavíssimas belezas,
Cleópatras, Helenas, Eleonoras;
Lá se namora em boa companhia,
Não pode haver inferno com Senhoras!

Se é verdade que os homens gozadores,
Amigos de no vinho ter consolos,
Foram com Satanás fazer colônia,
Antes lá que do Céu sofrer os tolos! —

Ora! e forcem um'alma qual a minha
Que no altar sacrifica ao Deus-Preguiça
A cantar ladainha eternamente
E por mil anos ajudar a Missa!

É ELA! É ELA! É ELA! É ELA!

É ela! é ela! — murmurei tremendo,
E o eco ao longe murmurou — é ela!
Eu a vi — minha fada aérea e pura —
A minha lavadeira na janela!

Dessas águas-furtadas onde eu moro
Eu a vejo estendendo no telhado
Os vestidos de chita, as saias brancas;
Eu a vejo e suspiro enamorado!

Esta noite eu ousei mais atrevido
Nas telhas que estalavam nos meus passos
Ir espiar seu venturoso sono,
Vê-la mais bela de Morfeu nos braços!

Como dormia! que profundo sono!...
Tinha na mão o ferro do engomado...
Como roncava maviosa e pura!...
Quase caí na rua desmaiado!

Afastei a janela, entrei medroso:
Palpitava-lhe o seio adormecido...
Fui beijá-la... roubei do seio dela
Um bilhete que estava ali metido...

Oh! decerto... (pensei) é doce página
Onde a alma derramou gentis amores;
São versos dela... que amanhã decerto
Ela me enviará cheios de flores...

Tremi de febre! Venturosa folha!
Quem pousasse contigo neste seio!
Como Otelo beijando a sua esposa,
Eu beijei-a a tremer de devaneio...

É ela! é ela! — repeti tremendo;
Mas cantou nesse instante uma coruja...
Abri cioso a página secreta...
Oh! meu Deus! era um rol de roupa suja!

Mas se Werther morreu por ver Carlota
Dando pão com manteiga às criancinhas,
Se achou-a assim mais bela, — eu mais te adoro
Sonhando-te a lavar as camisinhas!

É ela! é ela! meu amor, minh'alma,
A Laura, a Beatriz que o céu revela...
É ela! é ela! — murmurei tremendo,
E o eco ao longe suspirou — é ela! —

SONETO

Um mancebo no jogo se descora,
Outro bêbado passa noite e dia,
Um tolo pela valsa viveria,
Um passeia a cavalo, outro namora.

Um outro que uma sina má devora
Faz das vidas alheias zombaria,
Outro toma rapé, um outro espia...
Quantos moços perdidos vejo agora!

Oh! não proíbam pois ao meu retiro
Do pensamento ao merencório luto
A fumaça gentil por que suspiro.

Numa fumaça o canto d'alma escuto...
Um aroma balsâmico respiro,
Oh! deixai-me fumar o meu charuto!

SONETO

Ao sol do meio-dia eu vi dormindo
Na calçada da rua um marinheiro,
Roncava a todo o pano o tal brejeiro
Do vinho nos vapores se expandindo!

Além um Espanhol eu vi sorrindo
Saboreando um cigarro feiticeiro,
Enchia de fumaça o quarto inteiro.
Parecia de gosto se esvaindo!

Mais longe estava um pobretão careca
De uma esquina lodosa no retiro
Enlevado tocando uma rabeca!

Venturosa indolência! não deliro
Se morro de preguiça... o mais é seca!
Desta vida o que mais vale um suspiro?

Toda aquela mulher tem a pureza
Que exala o jasmineiro no perfume,
Lampeja seu olhar nos olhos negros
Como em noite d'escuro um vaga-lume...

Que suave moreno o de seu rosto!
A alma parece que seu corpo inflama.
Ilude até que sobre os lábios dela
Na cor vermelha tem errante chama...

E quem dirá, meu Deus! que a lira d'alma
Ali não tem um som — nem de falsete!
E sob a imagem de aparente fogo
É frio o coração como um sorvete!

O CÔNEGO FILIPE

O cônego Filipe! Ó nome eterno!
Cinzas ilustres que da terra escura
Fazeis rir nos ciprestes as corujas!
Por que tão pobre lira o céu doou-me
Que não consinta meu inglório gênio
Em vasto e heróico poema decantar-te?

Voltemos ao assunto. A minha musa
Como um falado Imperador Romano
Distrai-se às vezes apanhando moscas.
Por estradas mais longas ando sempre.
Com o cônego ilustre me pareço,
Quando ele já sentia vir o sono,
Para poupar caminho até a vela,
Sobre a vela atirava a carapuça.
Então no escuro, em camisola branca
Ia apalpando procurar na sala —
Para o queijo flamengo da careca
Dos defluxos guardar — o negro saco.

À ordem, Musa! Canta agora como
O poeta Ali-Moon no harém entrando
Como um poeta que enamora a lua,
Ou que beija uma estátua de alabastro,
Suando de calor... de sol e amores...
Cantava no alaúde enamorado,
E como ele saiu-se do namoro.
Assunto bem moral, digno de prêmio,
E interessante como um catecismo,
Que tem ares até de ladainha!

Quem não sonhou a terra do Levante?
As noites do Oriente, o mar, as brisas,
Toda aquela suave natureza
Que amorosa suspira e encanta os olhos?

Principio no harém. Não é tão novo.
Mas esta vida é sempre deleitosa.
As almas d'homem ao harém se voltam —
Ser um dia sultão quem não deseja?

Quem não quisera das sombrias folhas
Nas horas do calor, junto do lago,
As odaliscas espreitar no banho
E mais bela a sultana entre as formosas?

Mas ah! o plágio nem perdão merece!
Digam — pega ladrão! — Confesso o crime,
Não é Ovídio só que imito e sonho,
Quando pinta Acteon fitando os olhos
Nas formas nuas de Diana virgem!
Não! embora eu aqui não fale em ninfas,
Essa idéia é do cônego Filipe!

TERZA RIMA

É belo de entre a cinza ver ardendo
Nas mãos do fumador um bom cigarro,
Sentir o fumo em névoas recendendo,

Do cachimbo alemão no louro barro
Ver a chama vermelha estremecendo
E até... perdoem... respirar-lhe o sarro!

Porém o que há mais doce nesta vida,
O que das mágoas desvanece o luto
E dá som a uma alma empobrecida,
Palavra d'honra, és tu, ó meu charuto!

RELÓGIOS E BEIJOS

— TRADUZIDO DE HENRIQUE HEINE —

Quem os relógios inventou? Decerto
Algum homem sombrio e friorento.
Numa noite de inverno tristemente
Sentado na lareira ele cismava
Ouvindo os ratos a roer na alcova
E o palpitar monótono do pulso.

Quem o beijo inventou? Foi lábio ardente,
Foi boca venturosa, que vivia
Sem um cuidado mais que dar beijinhos.
Era no mês de maio. As flores cândidas
A mil abriam sobre a terra verde.
O sol brilhou mais vivo em céu d'esmalte
E cantaram mais doce os passarinhos.

NAMORO A CAVALO

Eu moro em Catumbi. Mas a desgraça
Que rege minha vida malfadada
Pôs lá no fim da rua do Catete
A minha Dulcinéia namorada.

Alugo (três mil réis) por uma tarde
Um cavalo de trote (que esparrela!)
Só para erguer meus olhos suspirando
À minha namorada na janela...

Todo o meu ordenado vai-se em flores
E em lindas folhas de papel bordado
Onde eu escrevo trêmulo, amoroso,
Algum verso bonito... mas furtado.

Morro pela menina, junto dela
Nem ouso suspirar de acanhamento...
Se ela quisesse eu acabava a história
Como toda a Comédia — em casamento.

Ontem tinha chovido... que desgraça!
Eu ia a trote inglês ardendo em chama,
Mas lá vai senão quando uma carroça
Minhas roupas tafuis encheu de lama...

Eu não desanimei. Se Dom Quixote
No Rocinante erguendo a larga espada
Nunca voltou de medo, eu, mais valente,
Fui mesmo sujo ver a namorada...

Mas eis que no passar pelo sobrado
Onde habita nas lojas minha bela
Por ver-me tão lodoso ela irritada
Bateu-me sobre as ventas a janela...

O cavalo ignorante de namoros
Entre dentes tomou a bofetada,
Arrepia-se, pula, e dá-me um tombo
Com pernas para o ar, sobre a calçada...

Dei ao diabo os namoros. Escovado
Meu chapéu que sofrera no pagode
Dei de pernas corrido e cabisbaixo
E berrando de raiva como um bode.

Circunstância agravante. A calça inglesa
Rasgou-se no cair de meio a meio,
O sangue pelas ventas me corria
Em paga do amoroso devaneio!...

O EDITOR

A poesia transcrita é de Torquato,
Desse pobre poeta enamorado
Pelos encantos de Leonora esquiva,
Copiei-a do próprio manuscrito
E para prova da verdade pura
Deste prólogo meu, basta que eu diga
Que a letra era um garrancho indecifrável,
Mistura de borrões e linhas tortas.
Trouxe-me do Arquivo lá da lua
E decifrou-ma familiar demônio.
Demais — infelizmente é bem verdade
Que Tasso lastimou-se da penúria
De não ter um ceitil para a candeia.

Provo com isso que do mundo todo
O sol é este Deus indefinível,
Ouro, prata, papel, ou mesmo cobre,
Mais santo do que os Papas — o dinheiro!

Byron no seu *Don Juan* votou-lhe cantos,
Filinto Elísio e Tolentino o sonham,
Foi o Deus de Bocage e d'Aretino,
Aretino, essa incrível criatura
Lívida e tenebrosa, impura e bela,
Sublime... e sem pudor, onda de lodo,
Em que do gênio profanou-se a pérola,
Vaso d'ouro que um óxido terrível
Envenenou de morte, alma poeta
Que tudo profanou com as mãos imundas,
E latiu como um cão mordendo um século...
....

Quem não ama o dinheiro? Não me engano
Se creio que Satã à noite veio
Aos ouvidos de Adão adormecido
Na sua hora primeira, murmurar-lhe
Essa palavra mágica da vida,
Que vibra musical em todo o mundo.

Se houvesse o Deus-vintém no Paraíso
Eva não se tentava pelas frutas,
Pela rubra maçã não se perdera;
Preferira decerto o louro amante
Que tine tão suave e é tão macio!

Se não faltasse o tempo a meus trabalhos
Eu mostraria quanto o povo mente
Quando diz — que a poesia enjeita, odeia
As moedinhas doiradas. — É mentira!

Desde Homero (que até pedia cobre),
Virgílio, Horácio, Calderon, Racine,
Boileau e o fabuleiro Lafontaine
E tantos que melhor decerto fora
Dos poetas copiar algum catálogo,
Todos a mil e mil por ele vivem,
E alguns chegaram a morrer por ele!
Eu só peço licença de fazer-vos
Uma simples pergunta. Na gaveta
Se Camões visse o brilho do dinheiro —
Malfilâtre, Gilbert, o altivo Chatterton
Se o tivessem nas rotas algibeiras
Acaso blasfemando morreriam?

DINHEIRO

Oh! argent! Avec toi on est beau, jeune, adoré; on a consideration, honneurs, qualités, vertus. Quand on n'a point d'argent, on est dans la dépendance de toutes cettes choses et de tout le monde.[27]

Chateaubriand

Sem ele não há cova — quem enterra
Assim grátis, *a Deo?* O batizado
Também custa dinheiro. Quem namora
Sem pagar as pratinhas ao Mercúrio?
Demais, as Danais também o adoram.
Quem imprime seus versos, quem passeia,
Quem sobe a Deputado, até Ministro,
Quem é mesmo Eleitor, embora sábio,
Embora gênio, talentosa fronte,
Alma Romana, se não tem dinheiro?
Fora a canalha de vazios bolsos!
O mundo é para todos... Certamente,
Assim o disse Deus — mas esse texto
Explica-se melhor e doutro modo.
Houve um erro de imprensa no Evangelho:
O mundo é um festim — concordo nisso,
Mas não entra ninguém sem ter as louras.

[27] OH! ARGENT! ... LE MONDE. Oh! Dinheiro! Tu nos fazes belo, jovem, adorado; com honrarias, consideração, qualidades, virtudes. Se te perdemos, ficamos na dependência de tudo e de todo o mundo.

MINHA DESGRAÇA

Minha desgraça, não, não é ser poeta,
Nem na terra de amor não ter um eco,
E meu anjo de Deus, o meu planeta
Tratar-me como trata-se um boneco...

Não é andar de cotovelos rotos,
Ter duro como pedra o travesseiro...
Eu sei... O mundo é um lodaçal perdido
Cujo sol (quem mo dera!) é o dinheiro...

Minha desgraça, ó cândida donzela,
O que faz que o meu peito assim blasfema,
É ter para escrever todo um poema,
E não ter um vintém para uma vela.

TERCEIRA PARTE

MEU DESEJO

Meu desejo? era ser a luva branca
Que essa tua gentil mãozinha aperta:
A camélia que murcha no teu seio,
O anjo que por te ver do céu deserta...

Meu desejo? era ser o sapatinho
Que teu mimoso pé no baile encerra...
A esperança que sonhas no futuro,
As saudades que tens aqui na terra...

Meu desejo? era ser o cortinado
Que não conta os mistérios do teu leito;
Era de teu colar de negra seda
Ser a cruz com que dormes sobre o peito.

Meu desejo? era ser o teu espelho
Que mais bela te vê quando deslaças
Do baile as roupas de escomilha e flores
E mira-te amoroso as nuas graças!

Meu desejo? era ser desse teu leito
De cambraia o lençol, o travesseiro
Com que velas o seio, onde repousas,
Solto o cabelo, o rosto feiticeiro...

Meu desejo? era ser a voz da terra
Que da estrela do céu ouvisse amor!
Ser o amante que sonhas, que desejas
Nas cismas encantadas de languor!

POR QUE MENTIAS?

Por que mentias leviana e bela?
Se minha face pálida sentias
Queimada pela febre, e se minha vida
Tu vias desmaiar, por que mentias?

Acordei da ilusão, a sós morrendo
Sinto na mocidade as agonias.
Por tua causa desespero e morro...
Leviana sem dó, por que mentias?

Sabe Deus se te amei! sabem as noites
Essa dor que alentei, que tu nutrias!
Sabe esse pobre coração que treme
Que a esperança perdeu porque mentias!

Vê minha palidez — a febre lenta,
Esse fogo das pálpebras sombrias...
Pousa a mão no meu peito! Eu morro! eu morro!
Leviana sem dó, por que mentias?

AMOR

Quand la mort est si belle,
Il est doux de mourir.[28]
V. Hugo

Amemos! quero de amor
Viver no teu coração!
Sofrer e amar essa dor
Que desmaia de paixão!
Na tua alma, em teus encantos
E na tua palidez
E nos teus ardentes prantos
Suspirar de languidez!

Quero em teus lábios beber
Os teus amores do céu,
Quero em teu seio morrer
No enlevo do seio teu!
Quero viver d'esperança,
Quero tremer e sentir!
Na tua cheirosa trança
Quero sonhar e dormir!

Vem, anjo, minha donzela,
Minha alma, meu coração!
Que noite, que noite bela!
Como é doce a viração!
E entre os suspiros do vento
Da noite ao mole frescor
Quero viver um momento,
Morrer contigo de amor!

[28] QUAND LA MORT ... MOURIR. Quando a morte é bela, é suave morrer.

FANTASIA

Quanti dolci pensier, quanto disio![29]
Dante

C'est alors que ma voix
Murmure un nom tout bas... c'est alors que le vois
M'apparaître à demi, jeune, voluptueuse,
Sur ma couche penchée une femme amoureuse!
....
....
Oh! toi que j'ai rêvée,
Femme à mes longs baisers si souvent enlevée
Ne viendras-tu jamais?[30] ....
Ch. Dovalle

À noite sonhei contigo,
E o sonho cruel maldigo
Que me deu tanta ventura.
Uma estrelinha que vaga
Em céu de inverno e se apaga
Faz a noite mais escura!

Eu sonhava que sentia
Tua voz que estremecia
Nos meus beijos se afogar!
Que teu rosto descorava,
E teu seio palpitava,
E eu te via a desmaiar!

Que eu te beijava tremendo,
Que teu rosto enfebrecendo
Desmaiava a palidez!
Tanto amor tua alma enchia
E tanto fogo morria
Dos olhos na languidez!

[29]QUANTI ... DISIO! Que desejo, que doces pensamentos!
[30]C'EST ALORS ... JAMAIS? Aí, minha voz, baixinho, murmura um nome, então, eu vejo, jovem, voluptuosa, como que debruçada, aparecer em meu leito, amorosa, uma mulher. Oh! Mulher com quem sonhei, que com tanto ardor beijei, em meio a tanto enlevo, não virás tu, jamais?

E depois... dos meus abraços,
Tu caíste abrindo os braços
Gélida — dos lábios meus...
Tu parecias dormir,
Mas debalde eu quis ouvir
O alento dos seios teus...

E uma voz, uma harmonia
No teu lábio que dormia
Desconhecida acordou;
Falava em tanta ventura,
Tantas notas de ternura
No meu peito derramou!

O soído harmonioso
Falava em noites de gozo
Como nunca eu as senti,
Tinha músicas suaves
Como no canto das aves
De manhã eu nunca ouvi!

Parecia que no peito
Nesse quebranto desfeito
Se esvaía o coração.
Que meu olhar se apagava,
Que minhas veias paravam,
E eu morria de paixão...

E depois... num santuário,
Junto do altar solitário,
Perto de ti me senti,
Dormias junto de mim...
E um anjo disse assim:
"Pobres amantes, dormi!"

Tu eras inda mais bela —
O teu leito de donzela
Era coberto de flores...
Tua fronte empalecida,
Frouxa a pálpebra descida,
Meu Deus! que frio palor!...

Dei-te um beijo — despertaste,
Teus cabelos afastaste
Fitando os olhos em mim...
Que doce olhar de ternura!
Eu só queria a ventura
De um olhar suave assim!

Eu dei-te um beijo, sorrindo
Tremeste os lábios abrindo,
Repousaste ao peito meu...
E senti nuvens cheirosas,
Ouvi liras suspirarem,
Rompeu-se a névoa... era o céu!...

Caía chuva de flores
E luminosos vapores
Davam azulada luz...
E eu acordei... que delírio!
Eu sonho findo o martírio
E acordo pregado à cruz!

LÁGRIMAS DA VIDA

On pouvait à vingt ans le clouer dans la bière
— Cadavre sans illusions...[31]
Théoph. Gautier

Je me suis assis en blaphémant sur le bord du chemin. Et je me suis dit: je n'irai pas plus loin. Mais je suis bien jeune encore pour mourir, n'est-ce pas, Jane?[32]
George Sand, Aldo

Se tu souberas que lembrança amarga,
Que pensamentos desflorou meus dias,
Oh! tu não creras meu sorrir leviano
Nem minhas insensatas alegrias!

Quando junto de ti eu sinto às vezes
Em doce enleio desvairar-me o siso,
Nos meus olhos incertos sinto lágrimas...
Mas da lágrima em troco eu temo um riso!

O meu peito era um templo — ergui nas aras
Tua imagem que a sombra perfumava...
Mas ah! emurcheceste as minhas flores,
Apagaste a ilusão que aviventava!

E por te amar, por teu desdém — perdi-me...
Tresnoitei-me nas orgias macilento,
Brindei blasfemo ao vício e da minh'alma
Tentei me suicidar no esquecimento!

Como um corcel abate-se na sombra
A minha crença agoniza e desespera...
O peito e lira se estalaram juntos,
E morro sem ter tido primavera!

[31] ON POUVAIT ... ILLUSIONS... Aos vinte anos, já era um homem morto — Cadáver sem ilusões...

[32] JE ME SUIS ... JANE? Estou sentado à beira do caminho, blasfemando. E digo a mim mesmo: eu não irei muito longe. Ainda sou tão jovem para morrer, não é, Jane?

Como o perfume de uma flor aberta
Da manhã entre as nuvens se mistura,
A minh'alma podia em teus amores
Como um anjo de Deus sonhar ventura!

Não peço o teu amor... eu quero apenas
A flor que beijas para a ter no seio,
E teus cabelos respirar medroso
E a teus joelhos suspirar d'enleio!

E quando eu durmo, e o coração ainda
Procura na ilusão a tua lembrança,
Anjo da vida passa nos meus sonhos
E meus lábios orvalha de esperança!

SONETO

Os quinze anos de uma alma transparente,
O cabelo castanho, a face pura,
Uns olhos onde pinta-se a candura
De um coração que dorme, inda inocente.

Um seio que estremece de repente
Do mimoso vestido na brancura,
A linda mão na mágica cintura,
E uma voz que inebria docemente.

Um sorriso tão angélico! tão santo!
E nos olhos azuis cheios de vida
Lânguido véu de involuntário pranto!

É esse o talismã, é essa a Armida,
O condão de meus últimos encantos,
A visão de minha alma distraída!

LEMBRANÇA DOS QUINZE ANOS

Et pourtant sans plaisir je dépense la vie;
Et souvent quand, pour moi, les heures de la nuit
S'écoulent sans sommeil, sans songe, sans bruit,
Il passe dans mon coeur de brillantes pensées,
D'invincibles désirs, de fougues insensées![33]
Ch. Dovalle

...Heureux qui, dès les premiers ans,
A senti de son sang, dans ses veines stagnantes,
Couleur d'un pas égal les ondes languissantes;
Dont les désirs jamais n'ont troublé la raison;
Pour qui les yeux n'ont point de suave poison.[34]
André Chénier

Nos meus quinze anos eu sofria tanto!
Agora enfim meu padecer descansa;
Minha alma emudeceu — na noite dela
Adormeceu a pálida esperança!

Já não sinto ambições, e se esvaíram
As vagas formas, a visão confusa
De meus dias de amor — nem doces voltam
Os sons aéreos da divina Musa!

Porventura é melhor as brandas fibras
Embotadas sentir nessa dormência...
E viver esta vida... e na modorra
Repousar-se na sombra da existência!

E que noites de sôfrego desejo!
Que pressentir de uma volúpia ardente!
Que noites de esperança e desespero!
E que fogo no sangue incandescente!

[33]ET POURTANT ... INSENSÉES! E, todavia, sem prazer eu levo a vida;/ E quando para mim se escoa, tantas vezes,/ A noite sem sono, sem sonho e sem ruído,/ Pensamentos de luz se passam dentro em mim,/ De desejos eternos, de arroubos insensatos.

[34]...HEUREUX ... POISON. Feliz aquele que em seus verdes anos,/ Sentiu o sangue nas veias paradas/ Fluir em passo igual, lânguidas ondas;/ Cujo desejo não turvou a razão;/ Pra quem os olhos não têm sedução.

Minha alma juvenil era uma lira,
Que ao menor bafejar estremecia...
A triste decepção rompeu-lhe as cordas...
Só vibra num prelúdio d'agonia!

Quanto, quanto sonhei! como velava
Cheio de febre, ansioso de ternuras!
Como era virgem o meu lábio ardente!
A alma tão santa — as emoções tão puras!

Como o peito sedento palpitava
Ao roçar de um vestido, à voz divina
De uma pálida virgem! — ao murmúrio
De uns passos de mulher pela campina!

E como t'esperei, anjo dos sonhos,
Ideal de mulher que me sorrias,
E me beijando nesta fronte pálida
A um mundo belo de ilusões me erguias!

O meu peito era um eco de murmúrios...
De delírio vivi como os insanos!
Nos meus quinze anos eu sofria tanto!
Ardi ao fogo dos primeiros anos!

Agora vivo no deserto d'alma.
Um mundo de saudade aí dormita.
Não o quero acordar... oh! não ressurjam
Aquelas sombras na minh'alma aflita!

Mas por que volves os teus olhos negros
Tão langues sobre mim? Ilná, suspiras?
Por que derramas tanto amor nos olhos?
Eu não posso te amar e tu deliras.

Também a aurora tem neblina e sombras,
E há vozes que emudece a desventura,
Há flores em botão que se desfolham,
E a alma também morre prematura.

Repousa no meu peito o meu passado,
Minh'alma adormeceu por um momento...
Sou a flor sem perfume em sol d'inverno...
Uma lousa que encerra?... o esquecimento!...

Não me fales de amor... um teu suspiro
Tantos sonhos no peito me desperta!...
Sinto-me reviver, e como outrora
Beijo tremendo uma visão incerta...

Ah! quando as belas esperanças murcham
E o gênio dorme, e a vida desencanta,
D'almas estéreis a ironia amarga
E a morte sobre os sonhos se levanta,

Embora fundo o sono do descrido
E o silêncio do peito e seu retiro,
Inda pode inflamar muitos amores
O sussurro de um lânguido suspiro!

MEU SONHO

Eu

Cavaleiro das armas escuras,
Onde vais pelas trevas impuras
Com a espada sangüenta na mão?
Por que brilham teus olhos ardentes
E gemidos nos lábios frementes
Vertem fogo do teu coração?

Cavaleiro, quem és? o remorso?
Do corcel te debruças no dorso...
E galopas do vale através...
Oh! da estrada acordando as poeiras
Não escutas gritar as caveiras
E morder-te o fantasma nos pés?

Onde vais pelas trevas impuras,
Cavaleiro das armas escuras,
Macilento qual morto na tumba?...
Tu escutas... Na longa montanha
Um tropel teu galope acompanha?
E um clamor de vingança retumba?

Cavaleiro, quem és? — que mistério,
Quem te força da morte no império
Pela noite assombrada a vagar?

O Fantasma

Sou o sonho de tua esperança,
Tua febre que nunca descansa,
O delírio que te há de matar!...

TRINDADE

A *vida* é uma planta misteriosa
Cheia d'espinhos, negra de amarguras,
Onde só abrem duas flores puras,
— Poesia e amor...

E a *mulher*... é a nota suspirosa
Que treme d'alma a corda estremecida,
— É fada que nos leva além da vida
Pálidos de languor!

A *poesia* é a luz da mocidade —
O amor é o poema dos sentidos,
A febre dos momentos não dormidos
E o sonhar da ventura...

Voltai, sonhos de amor e de saudade!
Quero ainda sentir arder-me o sangue,
Os olhos turvos, o meu peito langue
E morrer de ternura!

SONETO

Já da morte o palor me cobre o rosto,
Nos lábios meus o alento desfalece,
Surda agonia o coração fenece,
E devora meu ser mortal desgosto!

Do leito embalde no macio encosto
Tento o sono reter!... já esmorece
O corpo exausto que o repouso esquece...
Eis o estado em que a mágoa me tem posto!

O adeus, o teu adeus, minha saudade,
Fazem que insano do viver me prive
E tenha os olhos meus na escuridade.

Dá-me a esperança com que o ser mantive!
Volve ao amante os olhos por piedade,
Olhos por quem viveu quem já não vive!

MINHA AMANTE

Coração de mulher qual Filomela,
É todo amor e canto ao pé da noite.
João de Lemos

Fulcite me floribus... quia amore langueo.
Cant. Canticorum[35]

Ah! volta inda uma vez! foi só contigo
Que à noite, de ventura eu desmaiava,
E só nos lábios teus eu me embebia
De volúpias divinas!

Volta, minha ventura! eu tenho sede
Desses beijos ardentes que os suspiros
Ofegando interrompem! Quantas noites
Fui ditoso contigo!

E quantas vezes te embalei tremendo
Sobre os joelhos meus! Quanto amorosa
Unindo à minha tua face pálida
De amor e febre ardias!

Oh! volta ainda uma vez! ergue-se a lua
Formosa como dantes, é bem noite,
Na minha solidão brilha de novo,
Estrela de minh'alma!

Desmaio-me de amor, descoro e tremo,
Morno suor me banha o peito langue,
Meu olhar se escurece e eu te procuro
Com os lábios sedentos!

Oh! quem pudera sempre em teus amores
Sobre teu seio perfumar seus dias,
Beijar a tua fronte, e em teus cabelos
Respirar ebrioso!

[35]FULCITE ... CANTICORUM Sustentai-me com flores... porque desfaleço de amor. *Cântico dos Cânticos*

És a coroa de meus breves anos,
És a corda de amor de íntima lira,
O canto ignoto, que me enleva em sonhos
De saudosas ternuras!

E tu és como a lua: inda és mais bela
Quando a sombra nos vales se derrama,
Astro misterioso à meia-noite
Te revela a minh'alma.

Oh! minha lira, ó viração noturna,
Flores, sombras do vale, à minha amante
Dizei-lhe que esta noite de desejo
E de ternuras morro!

DESPEDIDAS À...

Se entrares, ó meu anjo, alguma vez
Na solidão onde eu sonhava em ti,
Ah! vota uma saudade aos belos dias
Que a teus joelhos pálido vivi!

Adeus, minh'alma, adeus! eu vou chorando...
Sinto o peito doer na despedida...
Sem ti o mundo é um deserto escuro
E tu és minha vida...

Só por teus olhos eu viver podia
E por teu coração amar e crer,
Em teus braços minha alma unir à tua
E em teu seio morrer!

Mas se o fado me afasta da ventura,
Levo no coração a tua imagem...
De noite mandarei-te os meus suspiros
No murmúrio da aragem!

Quando a noite vier saudosa e pura,
Contempla a estrela do pastor nos céus,
Quando a ela eu volver o olhar em prantos
Verei os olhos teus!

Mas antes de partir, antes que a vida
Se afogue numa lágrima de dor,
Consente que em teus lábios num só beijo
Eu suspire de amor!

Sonhei muito! sonhei noites ardentes
Tua boca beijar eu o primeiro!
A ventura negou-me... até mesmo
O beijo derradeiro!

Só contigo eu podia ser ditoso,
Em teus olhos sentir os lábios meus!
Eu morro de ciúme e de saudade;
Adeus, meu anjo, adeus!

PANTEÍSMO

Meditação

O dia descobre a terra: a noite descortina os céus.
Marquês de Maricá

Eu creio, amigo, que a existência inteira
É um mistério talvez; — mas n'alma sinto
De noite e dia respirando flores,
Sentindo as brisas, recordando aromas
E esses ais que ao silêncio a sombra exala
E enchem o coração de ignota pena
Como a íntima voz de um ser amigo,
Que essas tardes e brisas, esse mundo
Que na fronte do moço entorna flores,
Que harmonias embebem-lhe no seio —
Têm uma alma também que vive e sente...

A natureza bela e sempre virgem
Com suas galas gentis na fresca aurora,
Com suas mágoas na tarde escura e fria,
E essa melancolia e morbideza
Que nos eflúvios do luar ressumbra —
Não é apenas uma lira muda
Onde as mãos do poeta acordam hinos
E a alma do sonhador lembranças vibra...

Por essas fibras da natura viva,
Nessas folhas e vagas, nesses astros,
Nessa mágica luz que me deslumbra
E enche de fantasia até meus sonhos —
Palpita porventura um almo sopro,
Espírito do céu que as reanima,
E talvez lhes murmura em horas mortas
Estes sons de mistério e de saudade,
Que lá no coração repercutidos
O gênio acordam que enlanguesce e canta!

Eu o creio, Luís, também às flores
Entre o perfume vela uma alma pura,
Também o sopro dos divinos anjos
Anima essas corolas cetinosas,
No murmúrio das águas no deserto,
Na voz perdida, no dolente canto
Da ave de arribação das águas verdes,
No gemido das folhas na floresta,
Nos ecos da montanha, no arruído
Das folhas secas que estremece o Outono,
Há lamentos sentidos, como prantos
Que exala a pena de subida mágoa...

E Deus! — eu creio nele como a alma
Que pensa e ama nessas almas todas,
Que as ergue para o céu, e que lhes verte,
Como orvalho noturno em seus ardores,
O amor, sombra do céu, reflexo puro
Da auréola das virgens de seu peito!
Essa terra, esse mundo, o céu e as ondas,
Flores, donzelas, essas almas cândidas
Beija-as o senhor Deus na fronte límpida,
Arreia-as de pureza e amor sem nódoa...
E à flor dá a ventura das auroras,
Os amores do vento que suspira,
Ao mar a viração, o céu às aves,
Saudades à alcion, sonhos à virgem,
E ao homem pensativo e taciturno
A criatura pálida que chora —
Essa flor que inda murcha tem perfumes,
Esse momento que suaviza os lábios,
Que eterniza na vida um céu de enleio...
O amor primeiro das donzelas tristes.

São idéias talvez... Embora riam
Homens sem alma, estéreis criaturas:
Não posso desamar as utopias,
Ouvir e amar à noite entre as palmeiras
Na varanda ao luar o som das vagas,
Beijar nos lábios uma flor que murcha,
E crer em Deus como alma animadora
Que não criou somente a natureza,
Mas que ainda a relenta em seu bafejo,
Ainda influi-lhe no sequioso seio
De amor e vida a eternal centelha!

Por isso, ó meu amigo, à meia-noite
Eu deito-me na relva umedecida,
Contemplo o azul do céu, amo as estrelas,
Respiro aromas, e o arquejante peito
Parece remoçar em tanta vida,
Parece-me alentar-se em tanta mágoa,
Tanta melancolia, e nos meus sonhos,
Filho de amor e Deus, eu amo e creio!

DESÂNIMO

Estou agora triste. Há nesta vida
Páginas torvas que se não apagam,
Nódoas que não se lavam... se esquecê-las
De todo não é dado a quem padece,
Ao menos resta ao sonhador consolo
No imaginar dos sonhos de mancebo!

Oh! voltai uma vez! eu sofro tanto!
Meus sonhos, consolai-me! distraí-me!
Anjos das ilusões, as asas brancas
As névoas puras, que outro sol matiza,
Abri ante meus olhos que abraseiam
E lágrimas não têm que a dor do peito
Transbordem um momento...

E tu, imagem,
Ilusão de mulher, querido sonho,
Na hora derradeira, vem sentar-te,
Pensativa, saudosa, no meu leito!

O que sofres? que dor desconhecida
Inunda de palor teu rosto virgem?
Por que tu'alma dobra taciturna
Como um lírio a um bafo d'infortúnio?
Por que tão melancólica suspiras?

Ilusão, ideal — a ti meus sonhos
Como os cantos a Deus se erguem gemendo!
Por ti meu pobre coração palpita.
Eu sofro tanto! meus exaustos dias
Não sei por que logo ao nascer manchou-os
De negra profecia um Deus irado.
Outros meu fado invejam... Que loucura!
Que valem as ridículas vaidades
De uma vida opulenta, os falsos mimos
De gente que não ama? Até o gênio
Que Deus lançou-me à doentia fronte,
Qual semente perdida num rochedo,
Tudo isso que vale, se padeço!

Nessas horas talvez em mim não pensas —
Pousas sombria a desmaiada face
Na doce mão, e pendes-te sonhando
No teu mundo ideal da fantasia...
Se meu orgulho, que fraqueia agora,
Pudesse crer que ao pobre desditoso
Sagravas uma idéia, uma saudade —
Eu seria um instante venturoso!...

Mas não... ali no baile fascinante,
Na alegria brutal da noite ardente,
No sorriso ebrioso e tresloucado
Daqueles homens que p'ra rir um pouco
Encobrem sob a máscara o semblante,
Tu não pensas em mim. Na tua idéia
Se minha imagem retratou-se um dia
Foi como a estrela peregrina e pálida
Sobre a face de um lago...

O LENÇO DELA

Quando a primeira vez, da minha terra
Deixei as noites de amoroso encanto,
A minha doce amante suspirando
Volveu-me os olhos úmidos de pranto.

Um romance cantou de despedida,
Mas a saudade amortecia o canto!
Lágrimas enxugou nos olhos belos...
E deu-me o lenço que molhava o pranto.

Quantos anos contudo já passaram!
Não olvido porém amor tão santo!
Guardo ainda num cofre perfumado
O lenço dela que molhava o pranto...

Nunca mais a encontrei na minha vida,
Eu contudo, meu Deus, amava-a tanto!
Oh! quando eu morra estendam no meu rosto
O lenço que eu banhei também de pranto!

PÁLIDA IMAGEM

J'ai cru que j'oublierais; mais j'avais mal sondé
Les abîmes du coeur que remplit un seul rêve:
Le souvenir est là, le souvenir se lève!
Flot toujours renaissant et toujours débordé.[36]

Turquety

No delírio da ardente mocidade
Por tua imagem pálida vivi!
A flor do coração do amor dos anjos
Orvalhei-a por ti!

O expirar de teu canto lamentoso
Sobre teus lábios que o palor cobria,
Minhas noites de lágrimas ardentes
E de sonhos enchia!

Foi por ti que eu pensei que a vida inteira
Não valia uma lágrima — sequer,
Senão num beijo trêmulo de noite...
Num olhar de mulher!

Mesmo nas horas de um amor insano,
Quando em meus braços outro seio ardia,
A tua imagem pálida passando
A minh'alma perdia.

Sempre e sempre teu rosto — as negras tranças,
Tua alma nos teus olhos se expandindo
E o colo de cetim que pulsa e geme
E teus lábios sorrindo!

Nas longas horas do sonhar da noite
No teu peito eu sonhava que dormia;
Pousa em meu coração a mão de neve...
Treme... como tremia.

[36] J'AI CRU ... DÉBORDÉ. Eu pensei te esquecer porque não conhecia/ Os abismos do coração de um só anseio./ Ainda vive a lembrança, a lembrança é o veio/ Que renasce, transborda e minha alma receia.

Como palpita agora se afagando
Na morna languidez do teu olhar;
Assim viveu e morrerá sonhando
Em teus seios amar!

Se a vida é lírio que a paixão desflora,
Meu lírio virginal eu conservei;
Somente no passado tive sonhos
E outrora nunca amei!

Foi por ti que na ardente mocidade
Por uma imagem pálida vivi!
E a flor do coração no amor dos anjos
Orvalhei... só por ti!

SEIO DE VIRGEM

Quand on te voit, il vient à maints
Une envie dedans les mains
De te tâter, de te tenir...[37]
Clément Marot

O que eu sonho noite e dia,
O que me dá poesia
E me torna a vida bela,
O que num brando roçar
Faz meu peito se agitar,
É o teu seio, donzela!

Oh! quem pintara o cetim
Desses limões de marfim,
Os leves cerúleos veios,
Na brancura deslumbrante
E o tremido de teus seios?

Quando os vejo, de paixão
Sinto pruridos na mão
De os apalpar e conter...
Sorriste do meu desejo?
Loucura! bastava um beijo
Para neles se morrer!

Minhas ternuras, donzela,
Votei-as à forma bela
Daqueles frutos de neve...
Aí duas cândidas flores
Que o pressentir dos amores
Faz palpitarem de leve.

[37] QUAND ON TE VOIT ... TENIR... Todas as vezes que eu te vejo,/ Vem-me às mãos um grande desejo/ De te tocar, de ter-te em mim...

Mimosos seios, mimosos,
Que dizem voluptuosos:
"Amai-nos, poetas, amai!
"Que misteriosas venturas
"Dormem nessas rosas puras
E se acordarão num ai!"

Que lírio, que nívea rosa,
Ou camélia cetinosa
Tem uma brancura assim?
Que flor da terra ou do céu,
Que valha do seio teu
Esse morango ou rubim?

Quantos encantos sonhados
Sinto estremecer velados
Por teu cândido vestido!
Sem ver teu seio, donzela,
Suas delícias revela
O poeta embevecido!

Donzela, feliz do amante
Que teu seio palpitante
Seio d'esposa fizer!
Que dessa forma tão pura
Fizer com mais formosura
Seio de bela mulher!

Feliz de mim... porém não!...
Repouse teu coração
Da pureza no rosal!
Tenho eu no peito um aroma
Que valha a rosa que assoma
No teu seio virginal?...

MINHA MUSA

Minha musa é a lembrança
Dos sonhos em que eu vivi,
É de uns lábios a esperança
E a saudade que eu nutri!
É a crença que alentei,
As luas belas que amei,
E os olhos por quem morri!

Os meus cantos de saudade
São amores que eu chorei:
São lírios da mocidade
Que murcham porque te amei!
As minhas notas ardentes
São as lágrimas dementes
Que em teu seio derramei!

Do meu Outono os desfolhos,
Os astros do teu verão,
A languidez de teus olhos
Inspiram minha canção.
Sou poeta porque és bela,
Tenho em teus olhos, donzela,
A Musa do coração!

Se na lira voluptuosa
Entre as fibras que estalei
Um dia atei uma rosa
Cujo aroma respirei,
Foi nas noites de ventura
Quando em tua formosura
Meus lábios embriaguei!

E se tu queres, donzela,
Sentir minh'alma vibrar,
Solta essa trança tão bela,
Quero nela suspirar!
Descansa-me no teu seio.
Ouvirás no devaneio
A minha lira cantar!

MALVA-MAÇÃ

A P...

De teus seios tão mimosos
Quem gozasse o talismã!
Quem ali deitasse a fronte
Cheia de amoroso afã!
E quem nele respirasse
A tua malva-maçã!

Dá-me essa folha cheirosa
Que treme no seio teu!
Dá-me a folha... hei de beijá-la
Sedenta no lábio meu!
Não vês que o calor do seio
Tua malva emurcheceu...

A pobrezinha em teu colo
Tantos amores gozou,
Viveu em tanto perfume
Que de enlevos expirou!
Quem pudesse no teu seio
Morrer como ela murchou!

Teu cabelo me inebria,
Teu ardente olhar seduz;
A flor de teus olhos negros
De tua alma raia à luz,
E sinto nos lábios teus
Fogo do céu que transluz!

O teu seio que estremece
Enlanguesce-me de gozo.
Há um *quê* de tão suave
No colo voluptuoso,
Que num trêmulo delíquio
Faz-me sonhar venturoso!

Descansar nesses teus braços
Fora angélica ventura:
Fora morrer — nos teus lábios
Aspirar tua alma pura!
Fora ser Deus dar-te um beijo
Na divina formosura!

Mas o que eu peço, donzela,
Meus amores, não é tanto!
Basta-me a flor do seio
Para que eu viva no encanto,
E em noites enamoradas
Eu verta amoroso pranto!

Oh! virgem dos meus amores,
Dá-me essa folha singela!
Quero sentir teu perfume
Nos doces aromas dela...
E nessa malva-maçã
Sonhar teu seio, donzela!

Uma folha assim perdida
De um seio virgem no afã
Acorda ignotas doçuras
Com divino talismã!
Dá-me do seio esta folha
— A tua malva-maçã!

Quero apertá-la a meu peito
E beijá-la com ternura...
Dormir com ela nos lábios
Desse aroma na frescura...
Beijando-a sonhar contigo
E desmaiar de ventura!

A folha que tens no seio
De joelhos pedirei...
Se posso viver sem ela

Não o creio!... oh! eu não sei!...
Dá-me pelo amor de Deus,
Que sem ela morrerei!...

Pelas estrelas da noite,
Pelas brisas da manhã,
Por teus amores mais puros,
Pelo amor de tua irmã,
Dá-me essa folha cheirosa,
— A tua malva-maçã!

PENSAMENTOS DELA

Talvez à noite quando a hora finda
Em que eu vivo de tua formosura,
Vendo em teus olhos, nessa face linda
A sombra de meu anjo da ventura,
Tu sorrias de mim porque não ouso
Leve turbar teu virginal repouso,
A murmurar ternura.

Eu sei. Entre minha alma e tua aurora
Murmura meu gelado coração.
Meu enredo morreu. Sou triste agora,
Estrela morta em noite de verão!
Prefiro amar-te bela no segredo!
Se foras minha tu verias cedo
Morrer tua ilusão!

Eu não sou o ideal, alma celeste,
Vida pura de lábios recendentes
Que teu imaginar de encantos veste
E sonhas nos teus seios inocentes.
Flor que vives de aromas e luar,
Oh! nunca possas ler do meu penar
As páginas ardentes!

Se em cânticos de amor a minha fronte
Engrinaldo por ti, amor cantando,
Com as rosas que amava Anacreonte,
É que — alma dormida — palpitando
No raio de teus olhos se ilumina,
Em ti respira inspiração divina
E ela sonha cantando!

Não a acordes contudo. A vida nela
Como a ave no mar suspira e cai...
Às vezes teu alento de donzela
Sobre teus lábios o morrer de um ai,
Na magia de fada, num instante
Estremecem-na, embalam-na expirante
E lhe dizem: "sonhai!"

Mas quando o teu amante fosse esposo —
E tu, sequiosa e lânguida de amor,
O embalasses no seio voluptuoso
E o beijasses dos lábios no calor,
Quando tremesses mais, não te doera
Sentir que nesse peito que vivera
Murchou a vida em flor?

POR MIM?

Teus negros olhos uma vez fitando
Senti que luz mais branda os acendia,
Pálida de languor, eu vi-te olhando —
Mulher do meu amor, meu serafim,
Esse amor que em teus olhos refletia...
Talvez! — era por mim?

Pendeste, suspirando, a face pura,
Morreu nos lábios teus um ai perdido...
Tão ébrio de paixão e de ventura!
Mulher de meu amor, meu serafim,
Por quem era o suspiro amortecido?
Suspiravas por mim?

Mas... eu sei!... ai de mim? Eu vi na dança
Um olhar que em teus olhos se fitava...
Ouvi outro suspiro... d'esperança!
Mulher do meu amor, meu serafim,
Teu olhar, teu suspiro que matava...
Oh! não eram por mim!

LÉLIA

Passou talvez ao alvejar da lua,
Como incerta visão na praia fria:
Mas o vento do mar não escutou-lhe
Uma voz a seu Deus!... ela não cria!

Uma noite aos murmúrios do piano
Pálida misturou um canto aéreo...
Parecia de amor tremer-lhe a vida
Revelando nos lábios um mistério!

Porém quando expirou a voz nos lábios
Ergueu sem pranto a fronte descorada,
Pousou a fria mão no seio imóvel,
Sentou-se no divã... sempre gelada!

Passou talvez do cemitério à sombra,
Mas nunca numa cruz deixou seu ramo;
Ninguém se lembra de lhe ter ouvido
Numa febre de amor dizer: "eu amo!"

Não chora por ninguém... e quando à noite
Lhe beija o sono as pálpebras sombrias,
Não procura seu anjo à cabeceira
E não tem orações, mas ironias!

Nunca na terra uma alma de poeta
Chorosa, palpitante e gemebunda
Achou nessa mulher um hino d'alma
E uma flor para a fronte moribunda.

Lira sem cordas não vibrou d'enlevo:
As notas puras da paixão ignora,
Não teve nunca n'alma adormecida
O fogo que inebria e que devora!

Descrê. Derrama fel em cada riso —
Alma estéril não sonha uma utopia...
Anjo maldito salpicou veneno
Nos lábios que tressuam de ironia.

É formosa contudo. Há nessa imagem
No silêncio da estátua alabastrina
Como um anjo perdido que ressumbra
Nos olhos negros da mulher divina.

Há nesse ardente olhar que gela e vibra,
Na voz que faz tremer e que apaixona
O gênio de Satã que transverbera,
E o languor pensativo da Madona!

É formosa, meu Deus! Desde que a vi
Na minha alma suspira a sombra dela,
E sinto que podia nessa vida
Num seu lânguido olhar morrer por ela.

MORENA

Ó Teresa, um outro beijo! e abandona-me a meus sonhos e a meus suaves delírios.
Jacopo Ortis

É loucura, meu anjo, é loucura
Os amores por anjos... eu sei!
Foram sonhos, foi louca ternura
Esse amor que a teus pés derramei!

Quando a fronte requeima e delira,
Quando o lábio desbota de amor,
Quando as cordas rebentam na lira
Que palpita no seio ao cantor,

Quando a vida nas dores é morta,
Ter amores nos sonhos é crime?
É loucura: eu o sei! mas que importa?
Ai! morena! és tão bela!... perdi-me!

Quando tudo, na insônia do leito,
No delírio de amor devaneia
E no fundo do trêmulo peito
Fogo lento no sangue se ateia;

Quando a vida nos prantos se escoa,
Não merece o amante perdão?
Ai! morena! és tão bela! perdoa!
Foi um sonho do meu coração!

Foi um sonho... não cores de pejo!
Foi um sonho tão puro!... ai de mim!
Mal gozei-lhe as frescuras de um beijo!
Ai! não cores, não cores assim!

Não suspires! por que suspirar?
Quando o vento num lírio soluça,
E desmaia no longo beijar,
E ofegante de amor se debruça,

Quando a vida lhe foge, lhe treme,
Pobre vida do seu coração,
Essa flor que o ouvira, que geme,
Não lhe dera no seio o perdão?

Mas não cores! se queres, afogo
No meu seio o fogoso anelar!
Calarei meus suspiros de fogo
E esse amor que me há de matar!

Morrerei, ó morena, em segredo!
Um perdido na terra sou eu!
Ai! teu sonho não morra tão cedo
Como a vida em meu peito morreu!

12 DE SETEMBRO

I

O sol oriental brilha nas nuvens,
Mais docemente a viração murmura
E mais doce no vale a primavera
Saudosa e juvenil e toda em rosa
Como os ramos sem folhas
Do pessegueiro em flor.

Ergue-te, minha noiva, ó natureza!
Somos sós — eu e tu: — acorda e canta
No dia de meus anos!

II

Debalde nos meus sonhos de ventura
Tento alentar minha esperança morta
E volto-me ao porvir...
A minha alma só canta a sepultura —
E nem última ilusão beija e conforta
Meu ardente dormir...

III

Tenho febre — meu cérebro transborda,
Eu morrerei mancebo — inda sonhando
Da esperança o fulgor.
Oh! cantemos inda: a última corda
Treme na lira... morrerei cantando
O meu único amor!

IV

Meu amor foi o sol que madrugava
O canto matinal da cotovia
E a rosa predileta...
Fui um louco, meu Deus, quando tentava
Descorado e febril nodoar na orgia
Os sonhos de poeta...

V

Meu amor foi a verde laranjeira
Que ao luar orvalhoso entreabre as flores
Melhor que ao meio-dia
As campinas — a lua forasteira,
Que triste, como eu sou, sonhando amores
Se embebe de harmonia. —

VI

Meu amor foi a mãe que me alentava,
Que viveu e esperou por minha vida,
E pranteia por mim...
E a sombra solitária que eu sonhava
Lânguida como vibração perdida
De roto bandolim...

VII

Eu vaguei pela vida sem conforto,
Esperei o meu anjo noite e dia
E o ideal não veio...
Farto de vida, breve serei morto...
Não poderei ao menos na agonia
Descansar-lhe no seio...

VIII

Passei como Don Juan entre as donzelas,
Suspirei as canções mais doloridas
E ninguém me escutou...
Oh! nunca à virgem flor das faces belas
Sorvi o mel nas longas despedidas...
Meu Deus! ninguém me amou!

IX

Vivi na solidão — odeio o mundo
E no orgulho embucei meu rosto pálido
Como um astro na treva...
Senti a vida um lupanar imundo —
Se acorda o triste profanado, esquálido
— A morte fria o leva...

X

E quantos vivos não caíram frios,
Manchados de embriaguez da orgia em meio
Nas infâmias do vício!
E quantos morreram inda sombrios
Sem remorsos dos loucos devaneios...
— Sentindo o precipício!

XI

Perdoa-lhes, meu Deus! o sol da vida
Nas artérias ateia o sangue em lava
E o cérebro varia...
O século na vaga enfurecida
Levou a geração que se acordava...
E nuta de agonia...

XII

São tristes deste século os destinos!
Seiva mortal as flores que despontam
Infecta em seu abrir —
E o cadafalso e a voz dos Girondinos
Não falam mais na glória e não apontam
A aurora do porvir!

XIII

Fora belo talvez em pé, de novo
Como Byron surgir, ou na tormenta
O herói de Waterloo
Com sua idéia iluminar um povo,
Como o trovão nas nuvens que rebenta
E o raio derramou!

XIV

Fora belo talvez sentir no crânio
A alma de Goethe, e reunir na fibra
Byron, Homero e Dante;
Sonhar-se num delírio momentâneo
A alma da criação, e o som que vibra
A terra palpitante...

XV

Mas ah! o viajor nos cemitérios
Nessas nuas caveiras não escuta
Vossas almas errantes,
Do estandarte da sombra nos impérios
A morte — como a torpe prostituta —
Não distingue os amantes.

XVI

Eu pobre sonhador — em terra inculta
Onde não fecundou-se uma semente
Convosco dormirei,
E dentre nós a multidão estulta
Não vos distinguirá a fronte ardente
Do crânio que animei...

XVII

Oh! morte! a que mistério me destinas?
Esse átomo de luz que inda me alenta,
Quando o corpo morrer —
Voltará amanhã — aziagas sinas
Da terra sobre a face macilenta
Esperar e sofrer?

XVIII

Meu Deus, antes — meu Deus — que uma outra vida
Com teu sopro eternal meu ser esmaga
E minha alma aniquila...
A estrela de verão no céu perdida
Também às vezes teu alento apaga
Numa noite tranqüila!...

SOMBRA DE D. JUAN

A dream that was not at all a dream.[38]
Lord Byron, *Darkness*

I

Cerraste enfim as pálpebras sombrias
E a fronte esverdeou da morte à sombra
Como lâmpada exausta!
E agora no silêncio do sepulcro
Sonhas o amor — os seios de alabastro
Das lânguidas amantes?

E Haidéia virgem pela praia errando
Aos murmúrios do mar que lhe suspira
Como incógnito desejo —
Te sussurra delícias vaporosas,
E o formoso estrangeiro adormecido
Entrebeija tremendo?

Ou a pálida fronte libertina
Relembra a tez, o talhe voluptuoso
Da Oriental seminua?
Ou o vento da noite em teus cabelos
Sussurra, lembra do passado as nódoas
No túmulo sem letras?

Ergue-te, libertino! eu não te acordo
Porque nas orgias te avermelha a face
Que morte amarelou...
Nem pelo jogo, e noites delirantes,
Nem do ouro a febre, e da perdida os lábios
E a convulsão noturna!

[38] A DREAM ... DREAM. Um sonho que não era inteiro um sonho.

Não, belo Espanhol! Venho sentar-me
À borda do teu leito, porque febre
Minha insônia devora;
Porque não durmo quando o sonho passa
E do passado o manto profanado
Me roça pela face!

Quero na sombra conversar contigo,
Quero me digas tuas noites breves:
As febres e as donzelas
Que ao fogo do viver murchaste ao peito!
Ergue-te um pouco da mortalha branca,
Acorda-te, Don Juan!

Contigo velarei: do teu sudário
Nas dobras negras deporei a fronte,
Como um colo de mãe:
E como leviano peregrino
Da vida as águas saudarei sorrindo
Na extrema do infinito!

E quando a ironia regelar-se
E a morte me azular os lábios frios
E o peito emudecer,
No vinho queimador, no golo extremo,
Num riso — à vida brindarei zombando
E dormirei contigo!

II

Mas não: não veio na mortalha envolto
Don Juan seminu com rir descrido
Zombando do passado —
Só além — onde as folhas alvejavam,
Ao luar que banhava o cemitério
Vi um vulto na sombra.

Cantava: ao peito o bandolim saudoso
Apertava: qual nu e perfumado
A Madona seu filho;
E a voz do bandolim se repassava,
Mais languidez bebia ressoando
No cavernoso peito.

Do *sombrero* despiu a fronte pálida,
Ergueu à lua a palidez do rosto
Que lágrimas enchiam...
Cantava: eu o escutei... amei-lhe o canto,
Com ele suspirei, chorei com ele —
— O vulto era Don Juan!...

III

A Canção de Don Juan

"Ó faces morenas! ó lábios de flor,
Ouvi-me a guitarra que trina louçã,
Eu trago meu peito, meus beijos de amor,
Ó lábios de flor,
Eu sou D. Juan!

"Nas brisas da noite, no frouxo luar,
Nos beijos do vento, na fresca manhã,
Dizei-me: não viste num sonho passar,
No frouxo luar,
Febril — Don Juan?

"Acordem, acordem, ó minhas donzelas!
A brisa nas águas lateja de afã!
Meus lábios têm fogo e as noites são belas.
Ó minhas donzelas,
Eu sou Don Juan!

"Ai! nunca sentistes o amor d'Espanhol!
Nos lábios mimosos de flor de romã
Os beijos que queimam no fogo do sol!
Eu sou o Espanhol:
Eu sou Don Juan!

"Que amor, que sonhos no febril passado!
Que tantas ilusões no amor ardente!
E que pálidas faces de donzela
Que por mim desmaiaram docemente!

"Eu era o vendaval que às flores puras
Do amor nas manhãs o lábio abria!
Se murchei-as depois — é que espedaça
As flores da montanha a ventania!

"E tão belas, meu Deus! e as níveas pérolas
Mergulhei-as no lodo uma per uma,
De meus sonhos de amor nada me resta!
Em negras ondas só vermelha escuma!

"Anjos que desflorei! que desmaiados
Na torrente lancei do lupanar!
Crianças que dormiam no meu peito
E acordaram da mágoa ao soluçar!

"E não tremem as folhas no sussurro,
E as almas não palpitam-se de afã,
Quando entre a chuva rebuçado passa
Saciado de beijos Don Juan?"

IV

Como virgem que sente esmorecer
Num hálito de amor a vida bela,
Que desmaia, que treme:

Como virgem nas lentas agonias
Os seus olhos azuis aos céus erguendo
        Co'as mãos níveas no seio...

Pressentindo que o sangue lhe resfria
E que nas faces pálidas a beija
        O anjo da agonia...
Exala ainda o canto harmonioso...
Casuarina pendida onde sussurra
        O anoitecer da vida!

Assim nos lábios e nas cordas meigas
Do palpitante bandolim a mágoa
        Gemia como vento,
Como o cisne que bóia, que se perde...
Na lagoa da morte geme ainda
        O cântico saudoso!

Mas depois no silêncio uma risada
Convulsiva arquejou... rompeu as cordas
        Das ternas assonias,
Rompeu-as e sem dó... e noutras fibras
Corria os dedos descuidoso e frio
        Salpicando-as d'escárnio...

V

"Os homens semelham as modas de um dia,
        É velha e passada
        A roupa manchada:
        Porém quem diria
        Que é moda de um dia,
        Que é velho Don Juan?!

"Os anos que passem nos negros cabelos:
Branqueiem de neve
As c'roas que teve!
Dizei, anjos belos
De negros cabelos,
Se é velho Don Juan!

"E quando no seio das trêmulas belas
De noite suspira
E nuta e delira
Que digam pois elas
As trêmulas belas
Se é velho Don Juan!

"Que o diga a Sultana, a violenta Espanhola,
A loura Alemã —
E a Grega louçã!
Que o diga a Espanhola
Que a noite consola,
Se é velho Don Juan!

"..
...."

VI

Era longa a canção... Cantou, e o vento
Nos ciprestes com ele escorrecia!
Pendeu a fronte — os lábios
Emudeceram como cala o vento
Do trópico na podre calmaria...
Cismava Don Juan.

NA VÁRZEA

Como é bela a manhã! Como entre a névoa
A cidade sombria ao sol clareia
E o manto dos pinheiros se aveluda!
E o orvalho goteja dos coqueiros
E dos vales o aroma acorda o pássaro,
E o fogoso corcel no campo aberto
Sorve d'alva o frescor, sacode as clinas,
Respira na amplidão, no orvalho rola,
Cobre em leito de folhas novo alento
E galopa nitrindo!

Agora que a manhã é fresca e branca
E o campo solitário e o val se arreia,
Ó meu amigo, passeiemos juntos
Na várzea que do rio as águas negras
Umedecem fecundas:

O campo é só — na chácara florida
Dorme o homem do vale, e no convento
Cintila a medo a lâmpada da virgem,
Que pálidas vestais no altar acendem!

Tudo acorda, meu Deus, nessas campinas!
Os cantos do Senhor erguem-se em nuvens
Como o perfume que evapora o leito
Do lírio virginal!

Acorda-te, ó amigo — quando brilha
Em toda a natureza tanto encanto,
Tanta magia pelo céu flutua
E chovem sobre os vales harmonias —
É descrer do Senhor dormir no tédio,
É renegar das santas maravilhas
O ardente coração não expandir-se,
E a alma não jubilar dentro do peito!

Lá onde mais suave entre os coqueiros
O vento da manhã nas casuarinas
Cicia mais ardente suspirando,
Como de noite no pinhal sombrio
Aéreo canto de não vista sombra,
Que enche o ar de tristeza e amor transpira,
Lá onde o rio molemente chora
Nas campinas em flor e rola triste —
Alveja à sombra habitação ditosa,
Coroa os frisos da janela verde
A trepadeira em flor do jasmineiro
E pelo muro se avermelha a rosa.
Ali quando a manhã acorda a bela —
A bela que eu sonhei nos meus amores,
Ao primeiro calor do sol d'aurora
Entorna-se da flor o doce aroma,
Inda mais doce em matutino orvalho,
— Nas tranças negras da donzela pálida,
Mais bela que o diamante se aveluda
Camélia fresca, inda em botão, tingida
De neve e de coral — no seio dela
Não reluz o colar — em negro fio
A cruz da infância melhor guarda o seio
Que o amor virginal beija tremendo
E os ais do coração melhor perfuma...

Vem comigo, mancebo — aqui sentemo-nos:
Ela dorme: a janela inda cerrada
Se encheu de rosas e jasmins à noite,
E as flores virgens com o aberto seio
Um beijo da donzela ainda imploram.

....

Mais doce o canto foge de mistura
Co'as doces notas do violão divino,
Anjo da vida te verteu nos lábios
O mel dos serafins que a voz serena
Que a transborda de encanto e de harmonia
E faz ao eco sem pulsar meu peito!

Suspire o violão: nos seus lamentos
Murmura essa canção dos meus amores,
Que este peito sangrento lhe votara,
Quando a seus pés ardente a fantasia
Em doce engano derramei minh'alma!

Quando a brisa seus ais melhor afina,
Quando a frauta no mar branda suspira,
Com mais encanto as folhas do salgueiro
Debruçam-se nas águas solitárias,
E deixam gota a gota no argênteo orvalho
Como prantos nas folhas deslizar-se.

Quando a voz de cantor perder-se à noite
Na margem da torrente ou nas campinas,
Ou no umbroso jardim que flores cobrem —
Mais doce a noite pelo céu vagueia,
Melhor florescem as noturnas flores,
E o seio da mulher, que a noite embala
Pulsa quente e febril com mais ternura!

Se o anjo de meus tímidos amores
Pudesse ouvir-te os cândidos suspiros
Que a minha dor de amante lhe revelam!
Se ela acordasse, nos cabelos soltos
Inda o semblante sonolento e pálido
E o seio seminu e os ombros níveos
E as trêmulas mãos cobrindo o seio...
Se esta janela num instante abrisse
A fada da ventura — embora apenas
Um instante... um só... Meus pobres sonhos

Como saudosos vos murchais sedentos!
Flores do mar que um triste vagabundo
Arrancou de seu leito umedecido,
E grosseiro apertou nas mãos ardentes...
Eu morro de saudade e só me nutre
Inda nas tristes, desbotadas veias
O sangue do passado e da esperança!

OH! NÃO MALDIGAM!

Oh! não maldigam o mancebo exausto
Que nas orgias gastou o peito insano,
Que foi ao lupanar pedir um leito
Onde a sede febril lhe adormecesse!

Não podia dormir! nas longas noites
Pediu ao vício os beijos de veneno:
E amou a saturnal, o vinho, o jogo
E a convulsão nos seios da perdida!

Misérrimo! não creu!... Não o maldigam,
Se uma sina fatal o arrebatava:
Se na torrente das paixões dormindo
Foi naufragar nas solidões do crime.

Oh! não maldigam o mancebo exausto
Que no vício embalou, a rir, os sonhos
Que lhe manchou as perfumadas tranças
Nos travesseiros da mulher sem brio!

Se ele poeta nodoou seus lábios
É que fervia um coração de fogo,
E da matéria a convulsão impura
A voz do coração emudecia!

E quando p'la manhã da longa insônia
Do leito profanado ele se erguia
Sentindo a brisa lhe beijar no rosto
E a febre arrefecer nos roxos lábios;

E o corpo adormecia e repousava
Na serenada relva da campina,
E as aves da manhã em torno dele
Os sonhos do poeta acalentavam;

Vinha um anjo de amor uni-lo ao peito,
Vinha uma nuvem derramar-lhe a sombra,
E a alma que chorava a infâmia dele
Secava o pranto e suspirava ainda!

ADEUS, MEUS SONHOS!

Adeus, meus sonhos, eu pranteio e morro!
Não levo da existência uma saudade!
E a tanta vida que meu peito enchia
Morreu na minha triste mocidade!

Misérrimo! votei meus pobres dias
À sina douda de um amor sem fruto,
E minha alma na treva agora dorme
Como um olhar que a morte envolve em luto.

Que me resta, meu Deus? morra comigo
A estrela de meus cândidos amores
Já que não levo no meu peito morto
Um punhado sequer de murchas flores!

PÁGINA ROTA

Et pourtant que le parfum d'un pur amour est suave.[39]
George Sand

Meu pobre coração que estremecias,
Suspira a desmaiar no peito meu:
Para enchê-lo de amor, tu bem sabias,
Bastava um beijo teu!

Como o vale nas brisas se acalenta,
O triste coração no amor dormia;
Na saudade, na lua macilenta
Sequioso ar bebia!

Se nos sonhos da noite se embalava
Sem um gemido, sem um ai sequer,
É que o leite da vida ele sonhava
Num seio de mulher!

Se abriu tremendo os íntimos refolhos,
Se junto de teu seio ele tremia,
É que lia a ventura nos teus olhos,
E que deles vivia!

Via o futuro em mágicos espelhos,
Tua bela visão o enfeitiçava,
Sonhava adormecer nos teus joelhos...
Tanto enlevo sonhava!

Via nos sonhos dele a tua imagem
Que de beijos de amor o recendia:
E de noite nos hálitos da aragem
Teu alento sentia!

[39]ET POURTANT ... SUAVE. E, todavia, é doce o perfume de um amor puro.

Ó pálida mulher! se negra sina
Meu berço abandonado me embalou,
Não te rias da sede peregrina
        Dessa alma que te amou.

Que sonhava em teus lábios de ternura
Das noites do passado se esquecer;
Ter um leito suave de ventura...
        E amor... onde morrer!

Biografia em datas

1831

Nasce Manuel Antônio Álvares de Azevedo, em São Paulo, no dia 12 de setembro.

1833

Muda-se com a família para o Rio de Janeiro.

1837

É matriculado num colégio em Niterói.

1840/1844

Cursa o colégio do Professor Stoll, sendo considerado o melhor aluno.

1845/1847

Cursa o Imperial Colégio de Pedro II.

1848/1851

Cursa a Faculdade de Direito de São Paulo. Convive com poetas e escritores. Participa de associações, funda a "Associação de Ensaio Filosófico Paulistano". Escreve toda a sua obra.

1851/1852

Doente, viaja para Itaboraí para cuidar da saúde.

1852

Falece no dia 25 de abril, de tuberculose pulmonar, no Rio de Janeiro.

Roteiro de leitura

I. Romantismo: vozes e vínculos

1

O Romantismo foi, "a par de uma ideologia, de complexo conteúdo artístico, social e político, uma época que propiciou o aparecimento de naturezas humanas caracterizadas pelo egocentrismo, pela hipersensibilidade, pela melancolia, pelo pessimismo, pela angústia, pela desesperação, ou, em uma expressão, pelo que na época se denominou 'o mal do século', isto é, a crise moral típica do homem da primeira metade do século XIX" (Antônio Soares Amora, *O Romantismo*, São Paulo, Ed. Cultrix, 1967, p. 126). Diga até que ponto a personalidade literária de Álvares de Azevedo se enquadra nessas afirmações teóricas.

2

As epígrafes — citações de frases que encimam a maioria dos poemas de Álvares de Azevedo — indicam leituras e filiações literárias. Destaque, entre os autores em epígrafe na *Lira*, os românticos europeus mais conhecidos pela influência que exerceram nos românticos brasileiros, principalmente os da segunda geração.

3

Na abertura do poema "Idéias Íntimas", Álvares de Azevedo cita nominalmente uma figura poética que se constituiu num dos casos mais curiosos e significativos do Romantismo europeu. Comente o significado dessa figura.

4

O crítico Antônio Cândido define o "mal do século" como um "sentimento de inadaptação da vida aos seus fins" (*Formação da*

Literatura Brasileira, São Paulo, Liv. Martins Ed., 1959, vol. II, p. 28). Destaque, das duas primeiras estrofes do poema "Saudades", versos que podem exemplificar o sentimento de inadaptação na lírica de Álvares de Azevedo.

5

"A mesa escura cambaleia ao peso/ Do titânio *Digesto*, e ao lado dele/ *Childe-Harold* entreaberto". Nestes versos de "Idéias Íntimas" (estrofe II), Álvares de Azevedo faz entrever, por um processo metonímico, o autor que mais influenciou a geração a que pertence. Que autor é esse e o que significa, no contexto do poema, a oposição entre o *Digesto* e o *Childe-Harold*?

6

Busque, em histórias da Literatura ou livros afins, as características do que foi o fenômeno literário chamado de "byronismo".

7

Diga de que maneira a invocação "Oh! Santa Malibran!", do poema "A Harmonia", torna explícita a vinculação literária de Álvares de Azevedo com a poesia do romântico francês Alfred de Musset.

8

Analise o que significam, à luz das idéias do Romantismo da segunda metade do século XIX, estas palavras de José de Alencar, que chegou a ser contemporâneo de Álvares de Azevedo na Academia de São Paulo: "Em 1845 voltou-me o prurido de escritor; mas esse ano foi consagrado à mania que então grassava de 'byronizar'./ Confesso que não me sentia o menor jeito para essa transfusão; talvez pelo meu gênio taciturno e concentrado, que já tinha em si melancolia de sobejo, para não carecer desse empréstimo" ("Como e por que Sou Romancista", in *Obra Completa*, Rio de Janeiro, Ed. Aguilar, 1965, vol. I, p. 111).

9

"Musset, com o cérebro inda quente das inspirações do bardo inglês, buscou no excitado dos seus sonhos, na sua imaginação de poeta as aparições que lhe assomaram lutuosas e sangrentas./ Contudo, como o dissemos antes, de Musset a Byron a relação não é um plágio, uma cópia. É porventura uma inspiração. A influência do nobre descendente dos Northmanns do duque Guilherme, do sonhador de Pórcia de Frank, é como a daqueles sons que se gravam, ainda apesar da vontade, na memória e acordam aí melodias secretas como o vento da noite nas folhas da floresta." (José Aderaldo Castello, *Textos que Interessam à História do Romantismo*, São Paulo, Comissão de Literatura, 1960, p. 157-8.) Diga até que ponto essas palavras de um ensaio crítico de Álvares de Azevedo podem ser transferidas para a análise das influências e da originalidade de sua própria obra lírica.

II. O pálido poeta

1

Comente, do ponto de vista do leitor que vai abrir as páginas da *Lira dos Vinte Anos*, as expectativas criadas pelas epígrafes de Lamartine e Bocage antepostas aos poemas de Álvares de Azevedo.

2

Em "Lembrança de Morrer", à semelhança da epígrafe de Lamartine, Álvares de Azevedo escolhe, ele mesmo, as palavras que desejaria como epitáfio. Destaque essas palavras e interprete-as no contexto de vida e obra do poeta.

3

"Só tu à mocidade sonhadora/ Do pálido poeta deste flores..." Nestes versos de "Lembrança de Morrer", qual imagem idealizada de poeta é sugerida?

4

O primeiro verso de "Tarde de Outono" invoca uma entidade que tem raízes na mitologia clássica. Diga que entidade é essa e a que se refere no contexto da poesia do Romantismo.

5

A que remetem os termos "menestrel" e "trovador", que se encontram em vários poemas de Álvares de Azevedo, como, por exemplo, "Hinos do Profeta" ou "Tarde de Outono"?

6

"Indolente Vestal, deixei no templo/ A pira se apagar — na noite escura/ O meu gênio descreu." A que concepção de poeta, própria do Romantismo, remete a palavra "gênio", destes versos de "Lágrimas de Sangue"?

7

Comente a expressão metafórica "louros de poeta", da estrofe VII de "Um Canto do Século", decodificando-lhe o sentido no contexto da poesia romântica de Álvares de Azevedo.

8

A partir do título "Hinos do Profeta", qual concepção de poesia, característica do Romantismo, se pode depreender?

III. Amor de lira

1

O poema inaugural da Primeira Parte da *Lira dos Vinte Anos* se organiza em torno de uma imagem considerada pelos críticos como obsessiva na obra de Álvares de Azevedo. Identifique essa imagem.

2

Qual o mito de histórias infantis evocado pelo poema "Cantiga"?

3

Diga qual é, na estrofe VII de "Idéias Íntimas", o objeto dos devaneios amorosos do poeta.

4

No ensaio "Amor e Medo", Mário de Andrade analisa a atitude amorosa dos jovens poetas românticos, afirmando a respeito de Álvares de Azevedo: "Porém a mais bonita e mais medrosa criação que Álvares de Azevedo inventa, nesse desvio do amor e medo pro dormir no amor, não está na aspiração ao sono, ou na imagem do rapaz adormecido: está sim na imagem da amante dormida. Que libertação! O poeta pode gozar o seu amor, junto com a amada e ao mesmo tempo sozinho, fugido dos pavores que o perseguem" (*Aspectos da Literatura Brasileira*, São Paulo, Liv. Martins Ed., s/d, p. 225). À vista dessas palavras, confronte "Quando à noite no leito perfumado" e "Pálida à luz da lâmpada sombria" e diga qual a atitude do poeta apaixonado diante do objeto de seus desejos.

5

Em vários momentos da *Lira*, Álvares de Azevedo faz entrever sua inexperiência amorosa. Transcreva, da estrofe IX de "Idéias Íntimas", os versos em que essa inexperiência é confessada.

6

Na estrofe VIII de "12 de Setembro", o poeta trabalha com a linguagem conotativa e denotativa para expressar sua irrealização amorosa. Distinga, nos três últimos versos da estrofe, esses dois níveis de linguagem em função do que exprimem.

7

A freqüente alusão a virgens e donzelas como objetos dignos de amor faz transparecer, na poesia de Álvares de Azevedo, o respeito a um dos valores estabelecidos para a mulher no século XIX. Que valor é esse?

8

Examine as estrofes XI e XII do poema "Virgem Morta" e analise como se configura, no poema, a relação amor x morte, tão ao gosto do Romantismo.

9

Um dos excessos do Ultra-Romantismo de Álvares de Azevedo, presente nos contos de *Noite na Taverna*, é a necrofilia (atração sexual mórbida por cadáveres). Identifique resquícios desse sentimento mórbido em versos de "Virgem Morta".

10

A idéia de delírio é subjacente à lírica amorosa de Álvares de Azevedo, vindo à tona, de maneira explícita, em certos momentos. Interprete o momento de explicitação da estrofe VIII de "Idéias Íntimas", em conformidade com as palavras do próprio poeta.

IV. Sonhos e sombras

1

Atente para poemas como "No Mar", "Sonhando", "Cismar", "Quando à noite no leito perfumado", "O Poeta", Crepúsculo do Mar", "Crepúsculo nas Montanhas", "Anima Mea", "Tarde de Verão", "Tarde de Outono", "A Tempestade" e verifique quais são os aspectos da natureza e cenários naturais que o poeta privilegia.

2

O embate sonho x realidade é uma das tensões da poesia de Álvares de Azevedo. Estabeleça a relação entre a "hora solene" cantada nos versos de "Crepúsculo do Mar" e essa dicotomia.

3

Destaque, do poema "Desalento", estrofe III, os versos em que o poeta exprime o seu conflito com a realidade e a sua busca de evasão através do sonho.

4

Busque, em "Meu Sonho", recursos expressivos visuais e sonoros que criam o clima onírico de galopada fantasmagórica.

5

"E senti nuvens cheirosas,/ Ouvi liras suspirarem,/ Rompeu-se a névoa... era o céu!...// Caía chuva de flores/ E luminosos vapores/ Davam azulada luz..." Nestes versos de "Fantasia", qual o recurso expressivo que justifica as afirmativas dos críticos que vêem, na poesia romântica de Álvares de Azevedo, traços que antecipam a poesia do Simbolismo?

6

Eugênio Gomes, ao identificar em Álvares de Azevedo "uma tendência romântica de fundo nórdico condicionada ao culto do Sonho", diz que o poeta "não viu ou não procurava ver as coisas senão através de um véu, que dava a tudo algo de sobrenatural" (*A Literatura no Brasil*, vol. II, Rio de Janeiro, Editorial Sul América, 1969, p. 136). Transcreva, da estrofe IX de "Idéias Íntimas", versos que podem exemplificar as palavras do crítico.

V. Lembranças de morrer

1

Qual a constante temática proposta a partir do título do poema "Lembrança de Morrer" e qual o seu significado na lírica de Azevedo?

2

Destaque, da estrofe IV de "Um Canto do Século", os versos em que o pressentimento da morte prematura está explicitado pelo poeta.

3

Qual a concepção de vida que transparece nos versos iniciais de "Lembrança de Morrer", confirmado pelos versos da estrofe III?

4

"Tão cedo! que ainda o mundo/ O lábio visguento, imundo,/ Lhe não passara na roupa!" Decodifique a metáfora desses versos de "Anjinho", dizendo que visão de mundo dela se depreende.

5

"Lágrimas de Sangue" é o poema de uma alma atormentada pelo conflito estabelecido pela consciência do pecado. Diga como se desenvolve e se resolve, no contexto do poema, esse conflito.

VI. Filho do século

1

Analise como Álvares de Azevedo, no primeiro "Soneto" da Segunda Parte da *Lira* (Um mancebo no jogo se descora), encara a mocidade de seu tempo, no ambiente provinciano em que vive.

2

"Minhas pálidas crenças duvidavam." Comente de que maneira, neste verso de "Lembrança de Morrer", a idéia de palidez — tantas vezes reiterada na poesia de Álvares de Azevedo — conota um aspecto da visão de mundo do poeta.

3

"Aquele é Lamennais — o bardo santo,/ Cabeça de profeta, ungido crente,/ Alma de fogo na mundana argila/ Que as harpas de Sion vibrou na sombra,/ Pela noite do século chamando/ A Deus e à liberdade as loucas turbas." Verifique se os dados biográficos de Lamennais correspondem a esta descrição poética que dele faz o poeta e que o justifica como um dos seus ícones em "Idéias Íntimas".

4

Diga qual a concepção de Deus emergente em "Panteísmo".

5

Explique de que maneira o poeta se filia ao ideário romântico, ao contrapor, em "Um Canto do Século", o "amor de Deus" a outros amores.

6

Busque, em "Um Canto do Século", indícios das preocupações sociais de Álvares de Azevedo que vêm ao encontro da afirmação de que "a identificação com grandes causas não se limita à poesia grandiloqüente, verifica-se também na vida real, nos ensaios revolucionários de um Byron, lutando contra os turcos, no amor pela Revolução Francesa ou na admiração de figuras heróicas como Napoleão" (Álvaro Cardoso Gomes e Carlos Alberto Vechi, *A Estética Romântica*, São Paulo, Ed. Atlas, 1992, p. 20).

VII. A máscara do riso

1

No "Prefácio" da Segunda Parte da *Lira*, Álvares de Azevedo previne o leitor de que existe uma "binomia" em sua poesia: "Quase que depois de Ariel esbarramos em Caliban". De que contexto literário o poeta extraiu as personagens que cita?

2

Comente a coexistência da face Ariel e da face Caliban existente na *Lira*, a partir do prefácio em que o poeta a discute.

3

Analisando a ironia que transparece na poesia de humor de Álvares de Azevedo, Eugênio Gomes considera que "tão importante é a sua contribuição a respeito que algumas de suas melhores composições são justamente as que têm o travo desse diabólico licor" (op. cit., p. 143). Comente o que significa, na poesia azevediana, esse "diabólico licor" a que alude, metaforicamente, o crítico.

4

Contraponha a estrofe II de "Quando à noite, no leito perfumado" e a estrofe IV de "É Ela! É Ela! É Ela! É Ela!", dizendo qual a visão da mulher e do amor que se antagonizam nos dois poemas.

5

"Há uma crise nos séculos como nos homens. É quando a poesia cegou deslumbrada de fitar-se no misticismo, e caiu do céu sentindo exaustas as suas asas de oiro.// O poeta acorda na terra." Transfira estas palavras do "Prefácio" da Segunda Parte à interpretação do poema "Namoro a Cavalo".

6

Em poemas como "Minha Desgraça" e "O Editor", qual o valor material que se contrapõe aos valores espirituais do poeta?

7

Alfredo Bosi, na *História Concisa da Literatura Brasileira* (São Paulo, Ed. Cultrix, 1970, p. 123), alude — com referência à geração a que pertenceu Álvares de Azevedo — à "formação de uma corrente democrática que, no âmbito das Academias de Direito e das sociedades secretas, fazia oposição (ainda que só retórica) ao imobilismo monárquico e aos abusos do clero". Identifique, em "O Cônego Filipe" e em "Boêmios", traços, diretos ou indiretos, de uma postura antimonárquica e anticlerical de Álvares de Azevedo.

8

Qual o tom predominante em "O Poeta Moribundo" e que faz diferir esse poema de outros que, na obra lírica do poeta, se referem à morte?

9

Analise de que maneira num mesmo poema — as partes I e II de "Um Cadáver de Poeta" — a figura do poeta é contraditoriamente apresentada.

VIII. Exercícios de intimidade

1

Leia trechos de uma carta escrita por Álvares de Azevedo, em 1º de março de 1850, ao amigo Luís Antônio da Silva Nunes (citado em *Panteísmo*), e verifique como neles se apresentam — a par da afirmação de uma febril atividade literária — anseios e angústias poeticamente expressos na *Lira dos Vinte Anos*.

....

Não tenho passado ocioso estas férias, antes bem trabalhadas de leitura tendo-as levado. Nesse pouco espaço de três meses escrevi um romance de duzentas e tantas páginas; dois poemas, um em cinco e outro em dois cantos; uma análise do *Jaques Rolla de Musset*; e uns estudos literários sobre a marcha simultânea da civilização e poesia em Portugal, bastante volumosa; um fragmento de poema em linguagem muito antiga, mais difícil de entender que as *Sextilhas de Fr. Antão*, noutro gosto porém, mais ao jeito de *Th. Rowley*, de *Chatterton*.

A essa minha agitação de espírito sobrevém-me, às vezes, um marasmo invencível, horas daquelas que os navegantes temem, em que a calmaria descai no mar morto, e as velas caem ao longo dos mastros. Falei-te sempre e sempre com a mão no coração: se algum dia eu morresse moço ainda, na minha febre de ambiciosas esperanças, se — pobre imaginação de poeta! — o gelo da morte me corresse na trama do cérebro, há em algumas de minhas cartas a ti uma história inteira de dois anos, uma lenda, dolorosa sim mas verdadeira, no seu pungir de ferro, como uma autópsia de sofrimentos.

....

Às vezes ainda — e hoje na minha solidão é essa minha ventura — quando a mente se embebe no ebrioso de uma cisma, quando me passam n'alma os sonhos de um homem que não dorme, que se chamam *poesia*, eu ainda sinto reabrir-se meu peito a amores de mulher. Parece que se aquela beleza de olhos e cabelos negros, de largo colo, em que flutuam, desatasse com seus dedos macios e finos aquelas sedas do roupão... e eu aí repousasse essa febre da fronte que me dói, esse queimar de um cérebro que se me afoga, eu poderia ainda ter vida bastante para desvivê-la aí no voluptuoso de um espasmo, para morrer aí na loucura de um sonho de beijos... E quando, ante uma forma alva de loura, na limpidez de uns olhos transparentes e azuis como o mar, eu leio o que vai de pureza, o que há de areias d'oiro sob aquele esmalte diáfano de vaga, então, como o Faust de Goethe na alcova de Margarida, há uns eflúvios magnéticos que me avivam o já morto palpitar de minhas fibras, oh! então eu espero ainda...

....

São sonhos — sonhos... Luís. É uma loucura abrir tanto as asas de um anjo do coração a essas brisas enlevadas que à tarde, vêm tão sussurrantes de enleio, tão impregnadas de aromas de beijos! É loucura! E contudo quando o homem só vive deles, quando ali todas as portas fecharam-se ao enjeitado, por que não ir bater só e de noite ao palácio da fada das imaginações?

....

Eis aí pois tudo amor, poesia. Só não te falei na glória. Nem te falo. Rir-te-ias de mim e dela, como eu também me rio. Glória! em nossa terra! Oh cisnes brancos e perfumados dos vapores do céu, por que descer ao charco impuro, a nodoar os alvores, a perder os aromas? Às aves das nuvens — o céu: aos poetas-sonhos.

(*Cartas de Álvares de Azevedo*, São Paulo, Biblioteca da Academia Paulista de Letras, vol. I, 1976, p. 146-7.)

2

Em "Idéias Íntimas", o poeta cria, através de referências visuais, toda a atmosfera domiciliar em que se desenvolvia o seu cotidiano de estudos e de criação literária, e onde a sua solidão, povoada de sonhos, era interrompida apenas pela presença de um pajem — representante da sociedade escravocrata do século XIX. Reconstitua, com base nos dados referidos no poema, a ambiência e o *modus vivendi* do poeta no dia-a-dia provinciano de São Paulo, enquanto estudante da Academia de Direito.

3

"Se eu morresse amanhã" — poema antológico que não faz parte da *Lira* — foi escrito, segundo os biógrafos de Álvares de Azevedo, em seu leito de agonia. Verifique que, nesse poema, motivos constantes — como o desejo de glória, o anseio amoroso, a imagem idealizada do poeta, a vida encarada como sofrimento — giram em torno de um núcleo temático que, mais que o pressentimento, é a presença da morte, cuja iminência é marcada pelo bordão fúnebre ao fim de cada estrofe.

Se eu morresse amanhã, viria ao menos
Fechar meus olhos minha triste irmã;
Minha mãe de saudades morreria
Se eu morresse amanhã!

Quanta glória pressinto em meu futuro!
Que aurora de porvir e que manhã!
Eu perdera chorando essas coroas
Se eu morresse amanhã!

Que sol! que céu azul! que doce n'alva
Acorda a natureza mais louçã!
Não me batera tanto amor no peito
Se eu morresse amanhã!

Mas essa dor da vida que devora
A ânsia de glória, o dolorido afã...
A dor no peito emudecera ao menos
Se eu morresse amanhã!

("Poesias Diversas" — in Antônio Soares Amora, *Grandes Poetas Românticos do Brasil*, São Paulo, Ed. LEP, s/d, p. 621.)

Impresso nas oficinas da
EDITORA FTD SA
Avenida Antonio Bardella, 300
Fones: 6412-1905 e 6412-8099
07220-020 GUARULHOS (SP)